TRANZLATY

Sprache ist für alle da

Jazyk je pro každého

Die Verwandlung
Proměna

Franz Kafka

Deutsch
Čeština

ISBN: 978-1-83566-645-6
Die Verwandlung
Franz Kafka, 1915

www.tranzlaty.com

Teil Eins
První část

Gregor Samsa erwachte eines Morgens aus unruhigen Träumen.

Řehoř Samsa se jednoho rána probudil z neklidných snů.

Er befand sich in seinem Bett, konnte sich aber nicht bewegen.

Zjistil, že ležel ve své posteli, ale nemohl se pohnout.

Er war in ein monströses Ungeziefer verwandelt worden.

Proměnil se v obludnou havěť.

Er lag auf dem Rücken, der sich hart wie eine Rüstung anfühlte.

Ležel na zádech, která byla tvrdá jako brnění.

Indem er den Kopf ein wenig hob, konnte er seinen Bauch sehen.

Když trochu zvedl hlavu, mohl si prohlédnout břicho.

Sein Bauch aber war gewölbt und in Segmente unterteilt.

Ale jeho břicho bylo klenuté a rozdělené na segmenty.

Die Decke lag auf seinem runden Bauch.

Deka spočívala na jeho zakulaceném břiše.

Die Decke war jedoch kurz davor, ganz herunterzurutschen.

Ale deka už skoro úplně sklouzla dolů.

Seine Beine wirkten im Vergleich zu ihrer üblichen Größe jämmerlich.

Jeho nohy byly ve srovnání s jejich obvyklou velikostí ubohé.

Und seine vielen Beine flackerten hilflos vor seinen Augen.

A jeho mnoho nohou se mu bezmocně mihotalo před očima.

„Was ist nur mit mir geschehen?", dachte er bei sich.

„Co se se mnou stalo?" pomyslel si pro sebe.

Aber es war kein Traum, aus dem er nicht erwachen konnte.

Ale nebyl to sen, ze kterého by se nemohl probudit.

Es war tatsächlich sein eigenes Zimmer, in dem er sich wiederfand.

Opravdu se ocitl ve svém vlastním pokoji.

Ein richtiges Zimmer für Menschen, aber leider etwas zu klein.

Skutečný pokoj pro lidi, ale jen trochu moc malý.
Er lag still zwischen den vier bekannten Mauern.
Tiše ležel mezi čtyřmi dobře známými zdmi.
Auf dem Tisch befand sich eine Sammlung von Textilmustern.
Na stole byla sbírka vzorků textilu.
Samsa war Handelsreisender, daher die Muster.
Samsa byl obchodní cestující, proto ty vzorky.
Über den auseinandergenommenen Textilproben hing ein Bild.
Nad rozloženými vzorky textilií byl obrázek.
Er hatte das Bild erst vor Kurzem aus einer Zeitschrift ausgeschnitten.
Nedávno si obrázek vystřihl z časopisu.
Er hatte das Bild in einen hübschen, vergoldeten Rahmen gefasst.
Vložil obraz do krásného, pozlaceného rámu.
Das gerahmte Bild zeigte eine aufrecht sitzende Dame.
Zarámovaný obraz zobrazoval vzpřímeně sedící ženu.
Sie trug eine Pelzmütze und hatte einen Pelzmuff.
Měla na sobě kožešinovou čepici a na hlavě kožešinovou mušli.
Sie hob ihre Hand in Richtung des Betrachters des Bildes.
Zvedla ruku k divákovi obrazu.
Ihr ganzer Unterarm verschwand in ihrem schweren Pelzmuff.
Celé její předloktí zmizelo v těžké kožešinové mufně.
Gregor blickte aus dem Fenster auf das trübe Wetter.
Gregor se podíval oknem na pochmurné počasí.
Man konnte hören, wie schwere Regentropfen gegen das Fenster prasselten.
Bylo slyšet, jak silné kapky deště narážejí do okna.
Das graue Wetter stimmte ihn sehr melancholisch.
Šedivé počasí v něm vyvolávalo velmi melancholický pocit.
„Wie wäre es, wenn ich noch ein bisschen länger schlafe?", dachte er.
„Co kdybych si ještě trochu déle pospal?" pomyslel si.

"Mehr Schlaf könnte mir helfen, diesen Unsinn zu vergessen."

„Další spánek by mi mohl pomoci zapomenout na tenhle nesmysl.“

Länger zu schlafen war jedoch völlig unmöglich.

Ale spát déle bylo naprosto nemožné.

Weil er es gewohnt war, auf seiner rechten Seite zu schlafen.

Protože byl zvyklý spát na pravém boku.

Sein aktueller Zustand schränkte jedoch seine üblichen Bewegungsfreiheiten ein.

Jeho současný stav mu ale bránil v obvyklých pohybech.

Er hatte keine Möglichkeit, in diese Lage zu gelangen.

Neměl žádnou možnost se do této pozice dostat.

Er versuchte sein Bestes, sich auf die rechte Seite zu werfen.

Snažil se ze všech sil převrátit na pravý bok.

Er hat diese Bewegung wahrscheinlich hundertmal versucht.

Pravděpodobně se o tento pohyb pokusil stokrát.

Aber er kippte immer wieder in die Rückenlage zurück.

Ale vždycky se zakymácel zpět do polohy vleže na zádech.

Er schloss die Augen, um seine unruhigen Beine nicht sehen zu müssen.

Zavřel oči, aby neviděl své vrtící se nohy.

Am Ende hinderten ihn seine Schmerzen daran, es noch einmal zu versuchen.

Nakonec ho bolest odradila od dalšího pokusu.

Ein dumpfer Schmerz in der Seite, den er noch nie zuvor gespürt hatte.

Tupá bolest v boku, jakou nikdy předtím necítil.

„Oh Gott“, dachte Gregor Samsa verzweifelt bei sich.

„Ach bože,“ pomyslel si zoufale Gregor Samsa.

"**Was für einen anstrengenden Beruf ich mir da doch ausgesucht habe!**"

"Jak namáhavé povolání jsem si pro sebe vybral!"

„Ich muss beruflich Tag für Tag reisen.“

"Den co den musím cestovat kvůli práci."

„Büroarbeit ist viel einfacher als die Arbeit unterwegs.“

"Práce v kanceláři je mnohem snazší než práce na cestách."

„Und ich habe den Fluch, ständig reisen zu müssen."
„A mám tu prokletí, že musím pořád dokola cestovat."
„Die ganze Sorge, die Züge nicht rechtzeitig zu verpassen."
"Všechny ty starosti s tím, aby člověk stihl vlaky včas."
„Meine Mahlzeiten sind unregelmäßig und das Essen ist schlecht."
"Jím nepravidelně a jídlo je špatné."
„Meine Freunde wechseln ständig, je nachdem, wo ich hinziehe."
„Moji přátelé se neustále mění z města do města."
„Meine Interaktionen sind kühl und professionell."
"Interakce, které mám, jsou chladné a profesionální."
„Sollen sich doch die Teufel mit solchen Arbeiten vergnügen!"
"Ať si ďábel užívá takové práce!"
Er verspürte ein leichtes Jucken im oberen Bereich seines Bauches.
Ucítil lehké svědění nahoře v břiše.
Er stemmte sich mit dem Rücken gegen den Bettpfosten.
Opřel se zády o sloupek postele.
Er wollte seinen Kopf besser heben können.
Chtěl být schopen lépe zvedat hlavu.
Er fand die juckende Stelle, die ihn plagte.
Našel to svědivé místo, které ho trápilo.
Sein Kopf schien mit kleinen weißen Punkten bedeckt zu sein.
Jeho hlava se zdála být pokrytá malými bílými tečkami.
Was diese kleinen weißen Punkte waren, konnte er nicht sagen.
Co byly tyto malé bílé tečky, nedokázal říct.
Er hatte geplant, die Stelle mit einem seiner Beine zu berühren.
Měl v plánu dotknout se místa jednou nohou.
Doch als er die Stelle berührte, verspürte er ein seltsames Frösteln.
Ale když se toho místa dotkl, ucítil zvláštní chlad.
Daraufhin zog er sein Bein sofort von der Stelle weg.

Takže okamžitě odtáhl nohu z místa.

Ihm blieb nichts anderes übrig, als das Jucken zu ertragen.

Neměl jinou možnost, než se smířit s pocitem svědění.

Und er kehrte in seine vorherige Position im Bett zurück.

A vrátil se do své předchozí polohy v posteli.

„Wer so früh aufwacht, wird echt ziemlich dumm."

"Vstávání tak brzy z člověka udělá docela hloupého."

„Ein Mann braucht genug Schlaf", dachte er sich.

„Člověk se musí dostatečně vyspat," pomyslel si.

„Die anderen Handelsreisenden leben in Luxus."

„Ostatní obchodní cestující žijí luxusním životem."

„Morgens übermittle ich die erhaltenen Bestellungen."

"Ráno předávám rozkazy, které jsem dostal."

„Währenddessen frühstücken die Herren noch."

„Mezitím ti pánové stále snídají."

„Stellen Sie sich nur vor, ich würde das bei meinem Chef versuchen."

„Jen si představ, kdybych se to pokusil udělat se svým šéfem."

„Er würde mich feuern, bevor ich mit dem Frühstück fertig bin."

„Vyhodil by mě dřív, než bych dojedl snídani."

„Aber vielleicht wäre das auch nicht das Schlimmste."

„Ale možná by to ani nebylo to nejhorší."

„Das Problem ist, dass meine Eltern mich zurückhalten."

"Problém je v tom, že mě rodiče brzdí."

„Ohne sie hätte ich schon längst gekündigt."

„Kdyby nebylo jich, už bych rezignoval."

„Ich hätte mich dem Chef entgegengestellt und es ihm gesagt."

"Postavil bych se šéfovi a řekl mu to."

„Ich würde genau sagen, was ich von ihm und der Stelle halte."

„Řekl bych přesně, co si o něm a o té práci myslím."

„Er würde vom Schreibtisch fallen, wenn ich ihm alles erzählen würde!"

"Kdybych mu všechno řekl, spadl by ze stolu!"

„Es ist sehr seltsam, wie er an seinem Schreibtisch sitzt."

„Je velmi zvláštní, jakým způsobem sedí u svého stolu."
„Seine Art, mit seinen Untergebenen zu sprechen, ist nicht in Ordnung."
"Způsob, jakým mluví se svými podřízenými, není správný."
„Und das Schlimmste ist, dass sein Gehör so schlecht ist."
„A nejhorší na tom je, že má tak špatný sluch."
„Sie haben also keine andere Wahl, als ganz nah bei ihm zu sitzen."
„Takže nemáš jinou možnost, než sedět velmi blízko něj."
„Aber trotz allem ist die Hoffnung noch nicht völlig verloren."
"Ale i přes to všechno naděje ještě není úplně ztracena."
„Ich werde das Geld sparen, um die Schulden meiner Eltern zu begleichen."
"Ušetřím peníze na splacení dluhu rodičů."
„Ich kann nichts tun, solange sie ihm noch Geld schulden."
„Nemůžu nic dělat, dokud mu pořád dluží peníze."
„Aber wenn die Schulden beglichen sind, werde ich es auf jeden Fall tun."
„Ale až bude dluh splacen, určitě to udělám."
„Es wird wahrscheinlich noch fünf bis sechs Jahre dauern."
"Pravděpodobně to bude trvat dalších pět až šest let."
"Ja, dann wird die große Trennung definitiv erfolgen."
„Ano, pak k velkému oddělení určitě dojde."
„Fürs Erste muss ich jedoch aufstehen."
„Prozatím ale musím vstát z postele."
„Weil mein Zug um fünf Uhr abfährt."
„Protože mi vlak odjíždí v pět hodin."
Gregor blickte auf den tickenden Wecker auf dem Tisch.
Gregor se podíval na tikající budík na stole.
"Himmlischer Vater!", dachte er, als er die Uhrzeit sah.
„Nebeský Otče!" pomyslel si, když viděl, kolik je hodin.
Halb sieben war schon still und leise vergangen.
Půl sedmé už tiše uběhla a byla pryč.
Und die Zeiger der Uhr bewegten sich immer weiter vorwärts.
A ručičky hodin se stále posouvaly vpřed.

Es war nun fast Viertel vor sieben.

A teď se blížila čtvrt na sedm.

"Vielleicht hat der Wecker nicht geklingelt, um mich zu wecken?", dachte er.

„Možná mě budík nevzbudil?" pomyslel si.

Von seinem Bett aus inspizierte Gregor den Wecker.

Gregor si z postele prohlédl budík.

Der Wecker war korrekt auf vier Uhr eingestellt.

Budík byl správně nastavený na čtyři hodiny.

Er konnte es sich nicht erklären, aber der Alarm musste losgegangen sein.

Nedokázal to vysvětlit, ale musel zvonit alarm.

"Wie konnte ich den Wecker verschlafen, ohne es zu merken?"

„Jak jsem mohl/a prospat budík, aniž bych to věděl/a?"

Wenn der Alarm losgeht, wackeln sogar die Möbel.

Když zvoní alarm, zatřese se i nábytkem.

Er wusste, dass sein Schlaf alles andere als ruhig gewesen war.

Věděl, že jeho spánek nebyl vůbec klidný.

Aber vielleicht war das der Grund, warum sein Schlaf so viel tiefer war.

Ale možná právě proto byl jeho spánek mnohem hlubší.

Er musste darüber nachdenken, was er nun tun sollte.

Musel přemýšlet o tom, co teď bude dělat.

Der nächste Zug fuhr erst um sieben Uhr ab.

Další vlak jel až v sedm hodin.

Diesen Zug zu erreichen, wäre nahezu unmöglich.

Chytit ten vlak by bylo téměř nemožné.

Und die benötigten Textilien hatte er noch nicht eingepackt.

A ještě si nesbalil textilie, které potřeboval.

Er fühlte sich auch nicht besonders frisch und agil.

Ani se necítil nijak zvlášť svěží a hbitý.

Vielleicht bestand die Möglichkeit, in den Zug einzusteigen.

Možná by se naskytla šance dostat se do vlaku.

Doch ein Tadel vom Chef war so oder so unvermeidlich.

Ale šéfovo pokárání bylo tak či onak nevyhnutelné.

Der Angestellte wäre in den Fünf-Uhr-Zug eingestiegen.

Úředník by nastoupil do vlaku v pět hodin.

Der Büroangestellte war ein willensschwaches Werkzeug des Chefs.

Úředník byl bezpáteřní stvoření šéfa.

Gregors Abwesenheit wäre also bereits gemeldet worden.

Gregorova nepřítomnost by tedy již byla nahlášena.

„Was wäre, wenn ich mich krankmelde?", überlegte Gregor.

„Co když se ohlásím, že jsem nemocný?" přemýšlel Gregor.

Das wäre aber äußerst peinlich und verdächtig.

Ale to by bylo krajně trapné a podezřelé.

Gregor war in der gesamten Zeit, die er dort arbeitete, nie krank gewesen.

Gregor během své práce nikdy nebyl nemocný.

Und er hatte ihnen bereits fünf Jahre Dienst geleistet.

A už jim dal pět let služby.

Die Chancen standen gut, dass der Chef vorbeikommen würde, um nach ihm zu sehen.

Byla velká šance, že se na něj šéf přijde podívat.

Er würde wahrscheinlich den Arzt der Krankenversicherung mitbringen.

Pravděpodobně by si přivedl lékaře ze zdravotního pojištění.

Und er würde die Eltern für ihren faulen Sohn verantwortlich machen.

A za líného syna by vinil rodiče.

Sie könnten gegen ihn keine Einwände erheben.

Nemohli by proti němu vznést žádné námitky.

Denn für ihn gab es nur zwei Arten von Arbeitern.

Protože pro něj existovaly jen dva druhy pracovníků.

Entweder waren die Arbeiter kerngesund oder arbeitsscheu.

Buď byli dělníci zcela zdraví, nebo se práce styděli.

Und läge er mit dieser grundlegenden Analyse überhaupt falsch?

A mýlil by se vůbec v té základní analýze?

In diesem Fall hatte er sicherlich ein starkes Argument.

V tomto případě měl jistě silný argument.

Trotz seines Aussehens fühlte sich Gregor tatsächlich recht wohl.

Navzdory svému vzhledu se Gregor cítil docela dobře.

Der unnötig lange Schlaf hatte ihn etwas schläfrig gemacht.

Zbytečně dlouhý spánek ho trochu ospalil.

Abgesehen davon konnte er sich aber über keine Krankheit beklagen.

Ale kromě toho si nemohl stěžovat na nemoc.

Er verspürte sogar einen besonders starken und gesunden Hunger.

Dokonce cítil obzvláště silný a zdravý hlad.

Während er diesen Gedanken nachging, schlug die Uhr erneut.

Zatímco přemýšlel o těchto myšlenkách, hodiny znovu odbily.

Laut Alarm war es jetzt Viertel vor sieben.

Podle budíku bylo teď tři čtvrtě na sedm.

Und nun klopfte es auch leise an der Tür.

A teď se také ozvalo tiché zaklepání na dveře.

„Gregor", rief ihm jemand zu – es war die Mutter.

„Gregore," zavolal na něj někdo – byla to matka.

„Es ist Viertel vor sieben", bestätigte sie den Alarm.

„Je tři čtvrtě na sedm," potvrdila alarm.

"Wolltest du nicht gehen?", fragte die sanfte Stimme.

„Nechtěl jsi odejít?" zeptal se tichý hlas.

Gregor erschrak, als er seine eigene Stimme antworten hörte.

Gregor se vyděsil, když uslyšel svůj hlas odpovídat.

Es war immer noch dieselbe Stimme, die er schon immer hatte.

Ten hlas byl stále ten samý hlas, který měl vždycky.

Doch nun mischte sich ein neuer Klang in seine Stimme.

Ale teď se do jeho hlasu mísil nový zvuk.

Tief aus seinem Inneren entfuhr ihm auch ein schmerzhafter Schrei.

Z hloubi jeho nitra se ozvalo také bolestivé zaskřípění.

Zunächst schien seine Stimme die Worte klar zu formen.

Zpočátku se zdálo, že jeho hlas tvoří slova jasně.

Doch dann hörte Gregor das Echo seiner Stimme in seinem Kopf.
Ale pak Gregor zaslechl v duchu ozvěnu svého hlasu.
Die Aufnahme seiner Stimme ist auf seltsame Weise zerbrochen.
Nahrávka jeho hlasu se podivným způsobem přerušila.
Und er war sich nicht sicher, ob er richtig gehört hatte.
A nebyl si jistý, jestli slyšel správně.
Gregor verspürte den starken Wunsch, eine ausführliche Antwort zu geben.
Gregor cítil hlubokou touhu podat podrobnou odpověď.
Er wollte seiner Mutter alles genau erklären.
Chtěl matce všechno jasně vysvětlit.
Doch angesichts der Umstände musste er sich einschränken.
Ale vzhledem k okolnostem se musel omezit.
Und er antwortete viel kürzer, als er es gern getan hätte.
A odpověděl mnohem stručněji, než by si přál.
"Ja, Mutter, keine Sorge, danke, ich bin schon wach."
"Ano, mami, neboj se, děkuji, už jsem vzhůru."
Die Holztür trug vermutlich dazu bei, seine Stimme zu dämpfen.
Dřevěné dveře mu pravděpodobně pomáhaly tlumit hlas.
Draußen blieb die Veränderung in Gregors Stimme unbemerkt.
Venku si Gregorova hlasu nikdo nevšiml.
Die Mutter schien mit seiner Erklärung zufrieden zu sein.
Matka se zdála být s jeho vysvětlením spokojená.
Und sie ging genauso leise wieder, wie sie gekommen war.
A odešla stejně tiše, jako přišla.
Doch das kurze Gespräch hatte eine unerwünschte Folge.
Ale ten krátký rozhovor měl nežádoucí účinek.
Er erregte die Aufmerksamkeit der anderen Familienmitglieder.
Upoutal pozornost ostatních členů rodiny.
Gregor war noch zu Hause und nicht zur Arbeit gegangen.
Gregor byl stále doma a nešel do práce.
Und nun klopfte auch der Vater an die Seitentür.

A teď otec také zaklepal na boční dveře.
Er klopfte schwach, aber entschlossen mit der Faust.
Slabě, ale odhodlaně zaklepal pěstí.
„Gregor, Gregor", rief er, „was ist das Problem?"
„Gregore, Gregore," zavolal, „v čem je problém?"
Nach einer Weile warnte er erneut, diesmal mit tieferer Stimme.
Po chvíli znovu varoval hlubším hlasem.
Doch nun klopfte die Schwester an die andere Tür.
Ale na druhé straně dveří teď zaklepala sestra.
"Gregor? Geht es dir nicht gut?", fragte sie leise.
„Gregore? Není ti dobře?" zeptala se tiše.
„Brauchen Sie irgendetwas?", fragte sie besorgt.
„Potřebujete něco?" zeptala se znepokojeně.
Gregor antwortete beiden Seiten: „Ich bin schon fertig."
Gregor odpověděl oběma stranám: „Už jsem skončil."
Er hatte sich größte Mühe gegeben, alle Wörter sorgfältig auszusprechen.
Snažil se ze všech sil vyslovovat všechna slova pečlivě.
Und er entfernte alles Auffällige aus seiner Stimme.
A ze svého hlasu odstranil vše nápadné.
Auch der Vater schien mit der Antwort zufrieden zu sein.
Otec se také zdál být s odpovědí spokojený.
Und er kehrte zu seinem unvollendeten Frühstück zurück.
A vrátil se ke své nedokončené snídani.
Doch die Schwester flüsterte: „Gregor, mach auf, ich flehe dich an."
Ale sestra zašeptala: „Gregore, prosím tě, otevři."
Doch ihre Sorge um ihn konnte ihn in keiner Weise bewegen.
Ale její starost o něj s ním nemohla nijak pohnout.
Gregor hatte nicht die Absicht, ihr die Tür zu öffnen.
Gregor neměl v úmyslu jí otevřít dveře.
Durch seine Reisen hatte er sich einige vorsichtige Gewohnheiten angeeignet.
Cestováním si osvojil určité opatrné návyky.

Und er lobte sich selbst dafür, die Türen abgeschlossen zu haben.
A chválil se, že zamkl dveře.
Zunächst wollte er in Ruhe und in seinem eigenen Tempo aufstehen.
Nejdřív se chtěl tiše vzbudit ve svém vlastním čase.
Und er wollte sich ungestört anziehen.
A bez vyrušení se chtěl obléknout.
Nachdem er das geschafft hatte, wollte er frühstücken.
Když toho dosáhl, chtěl si dát snídani.
Erst dann wollte er die Situation weiter überdenken.
Teprve potom chtěl situaci dále zvážit.
Er wusste, dass es sinnlos war, im Bett Pläne zu schmieden.
Věděl, že nemá cenu dělat si v posteli plány.
Zu einem vernünftigen Schluss zu gelangen, wäre unmöglich.
Dospět k rozumnému závěru by bylo nemožné.
Es gab schon andere Male, da war er mit leichten Schmerzen aufgewacht.
Byly i jiné chvíle, kdy se probudil s mírnými bolestmi.
Diese Schmerzen erwiesen sich stets als reine Einbildung.
Tyto bolesti se vždy ukázaly být jen čirou fantazií.
Beim Aufstehen verschwanden die Schmerzen ausnahmslos.
Když jsem vstal z postele, bolest vždycky odezněla.
Er war neugierig, was mit diesen Ideen geschehen würde.
Byl zvědavý, co se s těmito myšlenkami stane.
Die Veränderung seiner Stimme war wahrscheinlich nur auf eine Erkältung zurückzuführen.
Změna v jeho hlase byla pravděpodobně jen z nachlazení.
Erkältungen sind für Reisende einfach ein Berufsrisiko.
Nachlazení je pro cestovatele pouze profesním rizikem.
Er hatte keinen Zweifel daran, dass dies die logische Erklärung war.
Nepochyboval o tom, že to bylo logické vysvětlení.
Es gelang ihm mühelos, die Decke von sich zu streifen.
Sundat ze sebe deku bylo snadné.
Er musste nur einatmen und sich aufblasen.

Stačilo se jen nadechnout a nafouknout.

Die Decke rutschte von seinem Körper und landete auf dem Boden.

Deka mu sklouzla z těla na podlahu.

Sein unglaublich breiter Körperbau erschwerte auch andere Dinge.

Jeho neuvěřitelně široké tělo ztěžovalo ostatní věci.

Er hätte Arme und Hände gebraucht, um aufzustehen.

Potřeboval by paže a ruce, aby se postavil.

Aber er hatte nicht mehr die Gliedmaßen, die er früher gehabt hatte.

Ale neměl končetiny, které míval dříve.

Anstelle von Armen und Händen hatte er viele kleine Beine.

Místo paží a rukou měl spoustu malých nohou.

Und seine Beine bewegten sich ständig, ohne dass er es kontrollieren konnte.

A jeho nohy se neustále pohybovaly, bez jeho kontroly.

Er versuchte, ein Bein zu beugen, aber stattdessen streckte es sich.

Zkusil pokrčit jednu nohu, ale místo toho se natáhl.

Schließlich gelang es ihm, ein Bein unter seine Kontrolle zu bringen.

Konečně se mu podařilo dostat jednu nohu pod kontrolu.

Doch dann wurde die Bewegung der anderen Beine freigegeben.

Ale pak se uvolnil pohyb i ostatních nohou.

Und seine Beine zuckten vor lauter Aufregung.

A všechny jeho nohy se chvěly nesmírným vzrušením.

Zuerst wollte er seinen Unterkörper aus dem Bett bekommen.

Nejdřív chtěl dostat spodní část těla z postele.

Seinen Unterkörper hatte er aber noch nicht gesehen.

Ale ve skutečnosti ještě neviděl svou spodní část těla.

Und es erwies sich ohnehin als zu schwierig, diesen Teil zu versetzen.

A stejně se ukázalo, že je příliš obtížné tuto část přesunout.

Schließlich wagte er mit all seiner Kraft einen waghalsigen Schritt.

Konečně se vší silou pokusil o jeden divoký pohyb.

Ohne weiter zu zögern, trat er vorwärts.

Bez dalšího váhání se vydal vpřed.

Doch er hatte die falsche Richtung eingeschlagen.

Ale zvolil si špatný směr, kterým se vydal.

Er schlug mit voller Wucht mit dem Körper gegen den unteren Bettpfosten.

Prudce narazil tělem do spodní sloupku postele.

Der brennende Schmerz, den er empfand, lehrte ihn eine wertvolle Lektion.

Pálící bolest, kterou cítil, mu dala cennou lekci.

Sein Unterkörper war vielleicht empfindlicher.

Spodní část jeho těla byla možná citlivější.

Also versuchte er zuerst, seinen Oberkörper aus dem Bett zu bekommen.

Tak se nejdřív pokusil dostat z postele horní část těla.

Er drehte seinen Kopf vorsichtig in die richtige Richtung.

Opatrně otočil hlavu správným směrem.

Und schon bald lag sein Kopf am Bettrand.

A brzy už měl hlavu otočenou k okraji postele.

Diese vorsichtige Vorgehensweise fiel ihm tatsächlich leicht.

Tento opatrný pohyb pro něj byl ve skutečnosti snadný.

Und weder seine Breite noch sein Gewicht hinderten ihn an seinen Bewegungen.

A jeho šířka ani váha mu v pohybu nebránily.

Die Masse seines Körpers folgte langsam der Drehung des Kopfes.

Hmota jeho těla pomalu kopírovala otáčení hlavy.

Doch dann streckte er den Kopf über die Bettkante.

Ale pak vystrčil hlavu z okraje postele.

Und er sah sich einer neuen Angst gegenüber, über die er noch nicht nachgedacht hatte.

A čelil novému strachu, o kterém dosud nepřemýšlel.

Ein weiteres Vorgehen in dieser Richtung könnte gefährlich sein.

Další postup tímto způsobem by mohl být nebezpečný.

Er hatte gedacht, er würde sich einfach fallen lassen.

Myslel si, že se prostě nechá spadnout.

Es wäre aber ein Wunder, wenn er sich dabei nicht am Kopf verletzen würde.

Ale byl by to zázrak, kdyby si nezranil hlavu.

Jetzt war nicht der richtige Zeitpunkt, um ein Bewusstseinsverlustrisiko einzugehen.

Teď nebyl čas riskovat ztrátu vědomí.

Vielleicht wäre es doch besser, im Bett zu bleiben.

Možná by nakonec bylo lepší zůstat v posteli.

Doch dann musste er denselben Aufwand betreiben, um zurückzukehren.

Ale pak musel vynaložit stejné úsilí, aby se dostal zpět.

Nach all der Mühe lag er da, genau wie zuvor.

Po vší té námaze tam ležel stejně jako předtím.

Und nun schienen seine Beine noch wütender zu sein als zuvor.

A teď se mu zdály nohy ještě bolenější než předtím.

Die Bewegungen seiner Beine waren noch unkontrollierbarer geworden.

Pohyby jeho nohy se staly ještě nekontrolovatelnějšími.

Er sah keinen Ausweg aus seiner Situation.

Neviděl žádnou cestu, jak se dostat ze situace, ve které se ocitl.

Aus diesem Chaos konnte kein Frieden und keine Ordnung hergestellt werden.

Z tohoto chaosu se nedalo nastolit mír a pořádek.

Aber er wusste, dass auch im Bett zu bleiben keine Option war.

Ale věděl, že zůstat v posteli také nepřipadá v úvahu.

Alles zu opfern war die vernünftigste Option.

Obětovat všechno bylo nejrozumnější řešení.

Er klammerte sich an den kleinsten Hoffnungsschimmer, jemals wieder aufstehen zu können.

Držel se sebemenší naděje, že se dostane z postele.

Wenn ihm das gelingt, hat sich das ganze Risiko gelohnt.
Kdyby to dokázal, veškeré riziko by se vyplatilo.
Doch gleichzeitig erinnerte er sich auch an etwas anderes.
Ale zároveň si vzpomněl i na něco jiného.
„Besser als verzweifelte Entscheidungen sind ruhige Überlegungen."
"Lepší než zoufalá rozhodnutí jsou klidné úvahy."
Mit aller Kraft konzentrierte er seinen Blick auf das Fenster.
S veškerým úsilím upřel zrak na okno.
Doch was er sah, stimmte ihn wenig zuversichtlich und erfreute ihn nicht.
Ale to, co viděl, mu nepřineslo mnoho sebevědomí a radosti.
Der Morgennebel hüllte die gesamte enge Straße ein.
Ranní mlha pokrývala celou úzkou ulici.
Der Wecker klingelte erneut; es war nun sieben Uhr.
Budík znovu zazvonil; teď bylo sedm hodin.
„Es ist bereits sieben Uhr und es ist immer noch so neblig."
„Už je sedm hodin a pořád je taková mlha."
Eine Zeitlang lag er still da und atmete nur schwach.
Chvíli tiše ležel a jen slabě dýchal.
Vielleicht würde etwas Ruhe eine gewisse Normalität herbeiführen.
Možná by trocha klidu přinesla alespoň trochu normálnosti.
Völliges Schweigen könnte die wahren Zustände herbeiführen.
Naprosté ticho by mohlo nastolit skutečné podmínky.
Doch bevor die Uhr erneut schlug, durchbrach er das Schweigen.
Ale než hodiny znovu odbily, prolomil ticho.
Bevor die Uhr wieder schlägt, muss ich aus dem Bett sein.
„Než hodiny znovu odbijí, musím být v posteli."
„Ich muss bis dahin unbedingt komplett aus dem Bett sein."
„Do té doby už musím být úplně v posteli."
„Nach Viertel nach sieben schickt das Büro jemanden."
"Po čtvrt na osm z kanceláře někoho pošlou."
„Weil das Büro vor sieben Uhr öffnete."
„Protože kancelář otevřela před sedmou hodinou."

Und nun begann er, seinen Körper aus dem Bett zu schaukeln.

A teď se začal houpat z postele.

Er hatte aufgehört, sich auf seinen Ober- oder Unterkörper zu konzentrieren.

Přestal se soustředit na horní nebo dolní část těla.

Sein ganzer Körper musste aus dem Bett herausragen.

Celá délka jeho těla musela opustit postel.

Bei einem Sturz in diese Richtung sollte sein Kopf geschützt sein, dachte er.

Pád tímto způsobem by mu měl ochránit hlavu, pomyslel si.

Er hatte geplant, den Kopf zu heben, sobald er auf dem Boden aufschlug.

Plánoval zvednout hlavu, až dopadne na zem.

Sein Rücken schien hart genug für den Aufprall zu sein.

Zadní část jeho těla se zdála být dostatečně tvrdá na to, aby unesla náraz.

Und der Teppich diente dazu, die Landung abzufedern.

A koberec tam byl od toho, aby změkčil přistání.

Seine größte Sorge galt jedoch dem Lärm.

Jeho největší obavou však byl hlasitý hluk.

Das krachende Geräusch würde alle im Haus erschrecken.

Ten třepot by vyděsil všechny v domě.

Vielleicht hätten sie keine Angst vor dem lauten Lärm.

Možná by se hlasitého hluku nebáli.

Aber sie wären mit Sicherheit besorgt, wenn sie davon hörten.

Ale určitě by si udělali starosti, kdyby to uslyšeli.

Man musste aber das Risiko eingehen, Aufmerksamkeit zu erregen.

Ale riziko upoutání pozornosti se muselo podstoupit.

Die neue Methode war eher ein Spiel als eine Anstrengung.

Nová metoda byla spíše hrou než úsilím.

Er musste seinen Körper in plötzlichen und ruckartigen Bewegungen hin und her wiegen.

Musel prudce a trhaně kymácet tělem.

Gregor war schon halb aus dem Bett aufgestanden.

Gregor už z poloviny vstal z postele.

Nun kam ihm gerade ein neuer Gedanke.

Teď ho napadla nová myšlenka.

„Es wäre alles so einfach, wenn mir jemand zu Hilfe käme."

„Bylo by to všechno tak snadné, kdyby mi někdo přišel na pomoc."

„Zwei kräftige Personen würden völlig ausreichen."

"Dva silní lidé by naprosto stačili."

Sein Vater und das Dienstmädchen wären stark genug.

Jeho otec a služebná budou dost silní.

Sie müssten nur ihre Arme unter seinen Rücken schieben.

Stačilo by jim jen vsunout ruce pod jeho záda.

Und dann könnten sie ihn ganz leicht aus dem Bett ziehen.

A pak by ho mohli snadno stáhnout z postele.

Vielleicht hätten sie sein Gewicht langsam reduzieren müssen.

Možná by museli pomalu snižovat jeho váhu.

Hoffentlich hätten die Beine dann ihren Zweck gefunden.

Doufejme, že pak by nohy našly svůj účel.

Wäre es nicht letztendlich besser, um Hilfe zu rufen?

„Nebylo by nakonec lepší zavolat o pomoc?"

Das Problem war natürlich, dass er die Türen abgeschlossen hatte.

Problém byl samozřejmě v tom, že zamkl dveře.

Irgendwie hatte der Gedanke etwas, das ihn amüsierte.

Na té myšlence bylo něco, co ho lechtalo.

Und trotz seiner Notlage konnte er sich ein Lächeln nicht verkneifen.

A navzdory těžkostem, které prožil, nedokázal potlačit úsměv.

Er war schon kurz davor, das Gleichgewicht zu verlieren.

Už teď byl skoro na pokraji ztráty rovnováhy.

Mit jedem Schwung kam er dem Umkippen vom Bett näher.

S každým zhoupnutím se blížil k tomu, aby se z postele převrátil.

Bald musste er die endgültige Entscheidung treffen.

Brzy bude muset učinit konečné rozhodnutí.

In fünf Minuten würde es Viertel nach sieben sein.

Za pět minut mělo být čtvrt na osm.

Während er diesen Gedanken nachging, klingelte es an der Tür.

Zatímco přemýšlel o těchto myšlenkách, zazvonil zvonek u dveří.

„Das ist jemand aus dem Büro", sagte er zu sich selbst.

„To je někdo z kanceláře," řekl si pro sebe.

Und er erstarrte fast vor Angst angesichts des Besuchers.

A kvůli návštěvníkovi málem ztuhl strachy.

Seine Beine tanzten noch wilder als zuvor.

Jeho nohy tančily ještě divoceji než předtím.

Doch dann herrschte einen Moment lang Stille.

Ale pak na okamžik všechno ztichlo.

„Sie werden die Tür nicht öffnen", sagte Gregor zu sich selbst.

„Neotevřou dveře," řekl si Gregor.

Er war noch immer einer sinnlosen Hoffnung verfallen.

Stále ho pohlcovala jakási nesmyslná naděje.

Doch dann ging das Dienstmädchen natürlich zur Tür.

Ale pak samozřejmě služebná odešla ke dveřím.

Und wie immer öffnete sie dem Besucher die Tür.

A jako vždy otevřela návštěvníkovi dveře.

Gregor brauchte nur die erste Begrüßung des Besuchers zu hören.

Gregorovi stačilo slyšet návštěvníkovo první pozdrav.

Er konnte sofort erkennen, wer ihn gesucht hatte.

Hned poznal, kdo si pro něj přišel.

Der Hauptschreiber selbst war gekommen, um nach Samsa zu sehen.

Sám vrchní úředník se přišel podívat, jak je na Samsu.

Warum war Gregor der Einzige, der zu diesem Schicksal verurteilt wurde?

Proč byl Gregor jediný odsouzen k tomuto osudu?

Warum musste ausgerechnet er in einer solchen Organisation dienen?

Proč musel v takové organizaci sloužit jen on?

Das geringste Versehen weckte sofort Misstrauen.

Sebemenší přehlédnutí okamžitě vzbudilo podezření.
Waren alle Angestellten, die dort arbeiteten, Schurken?
Byli všichni zaměstnanci, kteří tam pracovali, darebáci?
Gab es denn keinen treuen und ergebenen Menschen unter ihnen?
Nebyl mezi nimi žádný věrný a oddaný člověk?
Hätten sie nicht einfach einen Lehrling schicken können?
Nemohli sem prostě poslat nějakého učně?
War diese ganze Infragestellung überhaupt notwendig?
Bylo všechno tohle kladení otázek opravdu nutné?
Musste der Bevollmächtigte persönlich erscheinen?
Musel zmocněný zástupce přijít osobně?
Musste wirklich die gesamte unschuldige Familie informiert werden?
Musela být informována celá nevinná rodina?
All diese Überlegungen veranlassten Gregor zum Handeln.
Všechny tyto úvahy přiměly Gregora k činu.
Er schwang sich mit aller Kraft aus dem Bett.
Vší silou se vymrštil z postele.
Es gab einen lauten Knall, aber es war eigentlich kein richtiges Geräusch.
Ozvala se hlasitá rána, ale nebyl to skutečný hluk.
Der Fall wurde durch den Teppich etwas abgemildert.
Pád byl trochu ztlumen kobercem.
Sein Rücken war elastischer, als Gregor angenommen hatte.
Jeho záda byla pružnější, než si Gregor myslel.
Der Klang war also dumpfer und nicht so auffällig.
Zvuk byl tedy tlumenější a ne tak znatelný.
Doch er hatte seinen Kopf während des Sturzes nicht geschützt.
Ale během pádu si nedal pozor na hlavu.
Und als er auf den Boden aufschlug, schlug er auch mit dem Kopf auf.
A když dopadl na zem, udeřil se i do hlavy.
Er rieb sich vor Wut und Schmerz den Kopf am Teppich.
Vztekem a bolestí si třel hlavu o koberec.
Der Manager im Nachbarzimmer hörte jedoch den Lärm.

Ale manažer v pokoji vedle slyšel hluk.
„Da ist etwas hineingefallen", stellte er richtig fest.
„Něco tam spadlo," poznamenal správně.
Gregor versuchte, sich den Manager in seine Lage zu versetzen.
Gregor se pokusil představit si manažera ve své situaci.
„Könnte ihm dasselbe passieren?", fragte er sich.
„Mohlo by se mu stát totéž?" přemýšlel.
Er akzeptierte, dass dieses seltsame Ereignis möglich sein könnte.
Přijal fakt, že tato podivná událost je možná.
Und dann ging der Hauptsekretär ein paar Schritte in den Raum.
A pak vrchní úředník udělal pár kroků do místnosti.
Es war fast schon eine plumpe Antwort auf seine Frage.
Byla to téměř hrubá odpověď na otázku, kterou položil.
Seine Lederstiefel knarrten, als er sich der Tür näherte.
Jeho kožené boty vrzaly, když se blížil ke dveřím.
Aus dem Zimmer zu seiner Rechten flüsterte ihm seine Magd zu.
Z pokoje po jeho pravici mu zašeptala služebná.
„Gregor, der Bevollmächtigte, ist hier."
„Gregore, je zde zmocněný zástupce."
„Ich weiß", sagte Gregor, aber nur leise zu sich selbst.
„Já vím," řekl Gregor, ale jen tiše pro sebe.
Er wagte es nicht, seine Stimme lauter als ein Flüstern zu erheben.
Neodvážil se zvýšit hlas nad šepot.
Weil Gregor nicht wollte, dass seine Schwester ihn hörte.
Protože Gregor nechtěl, aby ho jeho sestra slyšela.
„Gregor", sagte der Vater aus dem Zimmer links.
„Gregore," ozval se otec z pokoje nalevo.
Der Manager ist gekommen, um nach dem Rechten zu sehen.
"Manažer přišel zjistit, v čem je problém."
„Er fragte, warum du nicht den frühen Zug genommen hast."

„Ptal se, proč jsi neodjel tím ranním vlakem.“
„Wir wissen nicht, was wir ihm sagen sollen“, sagte der Vater.
„Nevíme, co mu říct,“ řekl otec.
„Übrigens möchte er auch persönlich mit Ihnen sprechen.“
„Mimochodem, chce s vámi také mluvit osobně.“
„Bitte öffnen Sie die Tür, damit er mit Ihnen sprechen kann.“
„Prosím, otevřete dveře, aby s vámi mohl mluvit.“
„Er wird so freundlich sein, das Chaos im Zimmer zu entschuldigen.“
„Bude tak laskav a omluví ten nepořádek v pokoji.“
"Guten Morgen, Herr Samsa", rief ihm der Manager zu.
„Dobré ráno, pane Samso,“ zavolal na něj manažer.
Und er sprach ganz gewiss in freundlicher Weise mit ihm.
A rozhodně s ním mluvil přátelsky.
„Es geht ihm nicht gut“, sagte die Mutter zum Manager.
„Není mu dobře,“ řekla matka manažerovi.
„Es geht ihm überhaupt nicht gut, glauben Sie mir, lieber Manager.“
„Vůbec mu není dobře, věřte mi, drahý manažere.“
"Warum sonst sollte Gregor den Morgenzug verpassen?"
„Proč by jinak Gregor zmeškal ranní vlak?“
„Der Junge hat nichts anderes im Kopf als das Geschäft.“
„Ten kluk nemá na mysli nic jiného než byznys.“
„Es ärgert mich fast, dass er nichts anderes tut.“
"Skoro mě štve, že nedělá nic jiného."
„Ich wünschte, er würde abends an die frische Luft gehen.“
„Přála bych si, aby večer chodil ven na čerstvý vzduch.“
„Er war acht Tage geschäftlich in der Stadt.“
„Byl ve městě osm dní kvůli obchodu.“
„Aber er war ja jeden dieser Abende zu Hause.“
„Ale pak byl každý z těch večerů doma.“
„Er sitzt an unserem Tisch und liest die Zeitung.“
„Sedí u našeho stolu a čte noviny.“
„Manchmal studiert er auch die Fahrpläne der Züge.“
„Jindy studuje jízdní řády vlaků.“

„Manchmal beschäftigt er sich mit Tischlerarbeiten."

„Někdy se zaměstnává tesařstvím."

„Zum Beispiel schnitzte er einen kleinen Bilderrahmen aus Holz."

„Například vyřezal malý dřevěný rámeček na obraz."

„An zwei oder drei Abenden war er mit der Säge beschäftigt."

„Dva nebo tři večery byl zaneprázdněn pilou."

„Sie werden staunen, wie hübsch der Bilderrahmen ist."

"Budete ohromeni, jak krásný je ten rám obrazu."

„Er hat den Bilderrahmen in seinem Zimmer aufgehängt."

„Pověsil rám obrazu ve svém pokoji."

„Wenn er die Tür öffnet, werden Sie seine Holzarbeiten sehen."

„Až otevře dveře, uvidíte jeho dřevěné obložení."

„Übrigens freut es mich, dass Sie hier sind, Herr Prokurist."

„Mimochodem, jsem rád, že jste tady, pane Prokuriste."

„Wir allein hätten Gregor nicht dazu bringen können, die Tür zu öffnen."

„Sami bychom Gregora nedonutili otevřít dveře."

„Er ist so stur", gestand seine Mutter dem Angestellten.

„Je tak tvrdohlavý," přiznala se jeho matka úředníkovi.

„Er ist ganz sicher krank, obwohl er das vorher bestritten hat."

„Určitě se necítí dobře, i když to předtím popíral."

„Ich komme gleich", sagte Gregor langsam und bedächtig.

„Hned tam budu," řekl Gregor pomalu a opatrně.

Doch er machte keine Anstalten, sich der Tür des Zimmers zuzuwenden.

Ale neudělal ani jeden pohyb směrem ke dveřím pokoje.

Er wollte kein Wort des Gesprächs verpassen.

Nechtěl ztratit ani slovo z konverzace.

Der Hauptsekretär stimmte der Einschätzung der Mutter zu.

Vrchní úředník souhlasil s matčiným hodnocením.

"Ich kann es Ihnen auch nicht anders erklären, Madam."

„Ani já to jinak vysvětlit nedokážu, madam."

„Hoffen wir alle, dass er keine schwere Krankheit hat",
sagte er.
„Doufejme všichni, že netrpí žádnou vážnou nemocí," řekl.
„Andererseits stellt es eine Gefahr in unserer Branche dar."
„Na druhou stranu je to v našem odvětví riziko."
**„Wir Geschäftsleute müssen oft Unannehmlichkeiten
überwinden."**
"My, podnikatelé, musíme často překonávat nepohodlí."
„Profis müssen leichte Schmerzen einfach aushalten."
"Profesionálové se musí jen prosadit přes drobné bolesti."
Währenddessen klopfte sein Vater erneut an die andere Tür.
Mezitím jeho otec znovu zaklepal na druhé dveře.
**„Kann der Hauptsekretär jetzt hereinkommen?", wollte er
wissen.**
„Může už přijít vrchní úředník?" chtěl vědět.
**"Nein, das kann er nicht", antwortete Gregor auf die Frage
seines Vaters.**
„Ne, nemůže," odpověděl Gregor na otcovu otázku.
Im Raum links von uns herrschte betretenes Schweigen.
V místnosti po levé straně se rozhostilo trapné ticho.
Im Zimmer rechts begann die Schwester zu schluchzen.
V pokoji napravo se sestra rozplakala.
Warum war die Schwester nicht zu den anderen gegangen?
Proč sestra nešla být s ostatními?
Sie war wahrscheinlich gerade erst aufgestanden, dachte er.
Pravděpodobně právě vstala z postele, pomyslel si.
**Vielleicht hatte sie noch gar nicht angefangen, sich
anzuziehen.**
Možná se ještě ani nezačala oblékat.
Gregor aber verstand nicht, warum sie weinte.
Gregor ale nemohl pochopit, proč pláče.
**Lag es daran, dass er nicht aufgestanden war und den
Manager hereingelassen hatte?**
Bylo to proto, že nevstal a nepustil manažera dovnitř?
Lag es daran, dass er Gefahr lief, seinen Job zu verlieren?
Bylo to proto, že mu hrozilo, že přijde o práci?
Könnte der Chef wie früher gegen die Eltern vorgehen?

Mohl by šéf přijít po rodičích jako předtím?

Würde er seine alten Forderungen an sie wiederholen?

Chystá se na ně znovu vznést staré požadavky?

Diese Dinge waren wahrscheinlich unnötig.

O tyto věci se asi nemuselo starat.

Im Moment hatte sie keinen Grund zu weinen.

Prozatím neměla důvod k pláči.

Gregor war noch da und sorgte für seine Familie.

Gregor tu stále byl a živil rodinu.

Und er hatte nie die Absicht, die Familie zu verlassen.

A nikdy neměl v úmyslu rodinu opustit.

Im Moment lag er einfach nur da auf dem Teppich.

Prozatím jen ležel na koberci.

Die Familie wusste nichts von seinem Zustand.

Rodina nevěděla, v jakém stavu se nachází.

Hätten sie das gewusst, hätten sie seinen Chef nicht ermutigt.

Kdyby věděli, nepovzbudili by jeho šéfa.

Sie hätten nicht einmal den Manager ins Haus gelassen.

Ani by nepustili správce do domu.

Ihn abzuweisen wäre nicht besonders unhöflich gewesen.

Odmítnout ho by nebylo nijak zvlášť neslušné.

Er hätte später problemlos eine passende Ausrede finden können.

Snadno si později mohl najít vhodnou výmluvu.

Dafür hätte er nicht entlassen werden können.

Nebylo to něco, za co by mohl být vyhozen.

Gregor war der Ansicht, dass es jetzt vernünftiger wäre, allein gelassen zu werden.

Gregor cítil, že teď bude rozumnější nechat ho samotného.

Ihn durch Weinen und Reden zu stören, brachte wenig.

Rušení ho pláčem a mluvením toho moc nedosáhlo.

Doch die anderen beunruhigte die Ungewissheit.

Ale byla to nejistota, která trápila ostatní.

Und genau diese Unsicherheit entschuldigte ihr Verhalten.

A právě tato nejistota omlouvala jejich chování.

„Herr Samsa!", rief der Manager mit erhobener Stimme.

„Pane Samso," zavolal manažer zvýšeným hlasem.

„Was ist los mit dir?", wollte er wissen.

„Co se s tebou děje?" chtěl vědět.

„Du hast dich in deinem Zimmer verbarrikadiert."

"Zabarikádoval ses ve svém pokoji."

„Sie antworten nur mit ‚Ja' oder ‚Nein'."

„Odpovídáte pouze ‚ano' nebo ‚ne'."

„Du bereitest deinen Eltern große Sorgen."

"Děláš svým rodičům velké starosti."

„Ich sehe keinen guten Grund, warum Sie sie beunruhigen sollten."

„Nevidím žádný dobrý důvod, proč bys jim dělal starosti."

„Es gibt da noch eine Sache, die ich nebenbei erwähnen möchte."

„Ještě jednu věc zmíním mimochodem."

„Sie vernachlässigen auch Ihre geschäftlichen Pflichten uns gegenüber."

„Také zanedbáváte své pracovní povinnosti vůči nám."

„Eine solche Verantwortungslosigkeit entspricht so gar nicht Ihrem Charakter."

„Taková nezodpovědnost je pro vás naprosto netypická."

„Ich spreche hier im Namen Ihrer Eltern und Ihres Chefs."

„Mluvím zde jménem vašich rodičů a vašeho šéfa."

„Und ich bitte Sie um eine sofortige und klare Erklärung."

„A žádám vás o okamžité a jasné vysvětlení."

„Das Ganze erstaunt mich wirklich, das muss ich sagen."

„Musím říct, že mě celá ta věc opravdu udivuje."

„Ich dachte, ich kenne dich als ruhigen und vernünftigen Menschen."

„Myslel jsem, že tě znám jako klidného a rozumného člověka."

„Aber jetzt zeigst du uns eine andere Seite von dir."

„Ale teď nám ukazuješ svou jinou stránku."

„Plötzlich zeigst du deine ganz eigenen Launen."

„Najednou projevuješ své velmi zvláštní rozmary."

„Aber es könnte eine Erklärung für Ihr Scheitern geben."

„Ale pro tvé selhání by mohlo existovat vysvětlení."

„Der Chef erwähnte eine Forderung, die Sie für uns
eingetrieben hatten."
„Šéf se zmínil o dluhu, který jste pro nás vymohl."
"Ich habe dem Chef in Ihrem Namen mein Ehrenwort
gegeben."
„Dal jsem šéfovi čestné slovo za vás."
„Aber jetzt sehe ich deine unverständliche Sturheit."
„Ale teď vidím tvou nepochopitelnou tvrdohlavost."
"Vielleicht verliere ich auch noch jegliche Lust, dir
überhaupt zu helfen."
„Možná bych stejně ztratil veškerou touhu ti jakkoli
pomáhat."
„Ihre Arbeitsplatzsicherheit ist keineswegs völlig stabil."
"Vaše pracovní jistota není v žádném případě zcela stabilní."
„Eigentlich wollte ich euch das alles unter vier Augen
erzählen."
„Původně jsem ti to všechno chtěl říct v soukromí."
„Aber jetzt sehe ich, dass Sie wollen, dass ich hier meine
Zeit verschwende."
„Ale teď vidím, že chceš, abych tu ztrácel čas."
„Ich sehe also keinen Grund, warum deine Eltern das nicht
wissen sollten."
„Takže nevidím důvod, proč by to neměli vědět tvoji rodiče."
„Ihre Leistungen in letzter Zeit waren nicht
zufriedenstellend."
"Váš nedávný výkon nebyl uspokojivý."
„Ich räume ein, dass die Verkäufe zu dieser Jahreszeit
langsamer laufen."
„Připouštím, že prodeje jsou v tomto ročním období
pomalejší."
„Aber es gibt keine Jahreszeit, in der es keine Verkäufe
gibt."
"Ale neexistuje období roku, kdy by nebyly žádné výprodeje."
Für einen Moment vergaß Gregor alles um sich herum.
Gregor na okamžik zapomněl na všechno kolem sebe.
„Aber Herr Prokurist!", rief Gregor verzweifelt aus.
„Ale pane Prokuristo!" zvolal zoufale Gregor.

"Ich öffne die Tür sofort, jetzt gleich, keine Sorge."

„Hned otevřu dveře, hned teď, neboj se.“

„Das Problem ist, dass ich mich ziemlich unwohl fühle.“

„Problém je v tom, že se necítím docela dobře.“

„Mir war schwindelig, deshalb konnte ich die Tür nicht erreichen.“

"Závratě mi zabránily dostat se ke dveřím."

„Ich liege zwar noch im Bett, aber es geht mir schon viel besser.“

„Pořád ležím v posteli, ale cítím se mnohem lépe.“

"Einen Moment bitte, ich stehe gerade erst auf."

„Moment, prosím, zrovna vstávám z postele.“

"Einen Moment Geduld, Herr Prokurist, ist alles, worum ich bitte."

„Chvilka trpělivosti je vše, o co vás prosím, pane Prokuriste.“

„Es läuft nicht so gut, wie ich dachte, aber ich werde es schon schaffen.“

„Nejde to tak dobře, jak jsem si myslel/a, ale budu v pořádku.“

"Wie kann so etwas einem Menschen so schnell passieren?"

„Jak se něco takového může člověku stát tak rychle?“

„Mir ging es gestern Abend gut, das wissen meine Eltern.“

„Včera večer jsem se cítil dobře, rodiče to vědí.“

„Aber vielleicht hatte ich damals schon eine kleine Vorahnung.“

„Ale možná jsem už tehdy měl malou předtuchu.“

„Man könnte sich fragen, warum ich es nicht im Büro gemeldet habe.“

„Možná se ptáte, proč jsem to nenahlásil v kanceláři.“

„Ich dachte, ich würde mich morgen früh wieder viel besser fühlen.“

„Myslel jsem, že se ráno budu cítit mnohem lépe.“

„Man denkt immer, dass sie die Krankheit bis dahin besiegt haben werden.“

„Člověk si vždycky myslí, že do té doby nemoc porazí.“

„Aber bitte! Verschonen Sie meine Eltern vor diesen Anschuldigungen!“

„Ale prosím! Ušetřete mé rodiče těchto obvinění!“

„Mir wurde kein Wort von dem erzählt, was Sie mir erzählt haben."

„Nebylo mi řečeno ani slovo o tom, co jsi mi řekl."

„Sie haben möglicherweise die letzten von mir versandten Befehle nicht gelesen."

„Možná jste nečetl poslední rozkazy, které jsem rozeslal."

„Übrigens, du brauchst dir heute keine Sorgen um mich zu machen."

„Mimochodem, dnes si o mě nemusíš dělat starosti."

„Ich werde trotzdem den Zug um acht Uhr nehmen."

"Pořád pojedu vlakem v osm hodin."

„Die wenigen Stunden Ruhe haben mich ausreichend gestärkt."

„Těch pár hodin odpočinku mě dostatečně posílilo."

"Sie müssen wirklich nicht warten, Manager."

„Opravdu není důvod, abyste čekal, pane manažere."

„Auch ich werde schon bald im Büro sein."

„Taky budu brzy v kanceláři."

"Und bitte seien Sie so freundlich, ein gutes Wort für mich einzulegen."

„A prosím, buďte tak laskaví a za mě se přimluvte."

Gregor hatte seine Erklärung recht hastig vorgetragen.

Gregor pronesl své vysvětlení docela ukvapeně.

Er wusste selbst kaum, was er eigentlich sagen wollte.

Sotva věděl, co se vlastně snaží říct.

Er ging zu der Kiste und versuchte, sich daran hochzuziehen.

Šel k krabici a pokusil se s ní vstát.

Er hatte wirklich die feste Absicht, die Tür zu öffnen.

Opravdu měl v úmyslu otevřít dveře.

Er wollte vom Bevollmächtigten empfangen werden.

Chtěl být viděn oprávněným zástupcem.

Und er wollte das Problem persönlich mit ihm lösen.

A chtěl s ním problém vyřešit osobně.

Er war gespannt darauf, wie die anderen auf ihn reagieren würden.

Byl zvědavý, jak na něj ostatní zareagují.

Sie sind bestimmt inzwischen auch gespannt darauf, wie es ihm geht.

Už teď asi taky netrpělivě hledají, jak se mu daří.

Es gab zwei mögliche Arten, wie sie auf ihn reagieren konnten.

Byly dva možné způsoby, jak na něj mohli reagovat.

Eine Möglichkeit war, dass sie Angst bekommen würden.

Jednou z možností bylo, že by se báli.

Wenn sie Angst hatten, dann trug er keine Verantwortung.

Pokud se báli, pak za to neměl žádnou zodpovědnost.

Und dann müsste er sich keine Sorgen mehr um die Situation machen.

A pak by se nemusel o situaci starat.

Es gab aber auch noch eine andere Möglichkeit, die man in Betracht ziehen musste.

Ale existovala i jiná možnost, o které bylo třeba přemýšlet.

Vielleicht würden sie ihn so, wie er war, einfach hinnehmen.

Možná by ho klidně přijali takového, jaký je.

Dann hätte auch Gregor keinen Grund, sich aufzuregen.

Pak by ani Gregor neměl důvod se rozčilovat.

Es bliebe noch genügend Zeit, den Zug zu erreichen.

Pořád by bylo dost času na to, aby se stihl vlak.

Das Aufrechtstehen war jedoch alles andere als einfach.

Stát vzpřímeně však nebyl v žádném případě snadný úkol.

Bei seinen ersten Versuchen rutschte er von der Kiste ab.

Při prvních několika pokusech sklouzl z krabice.

Die Kiste war zu glatt, als dass er sich dagegen stemmen konnte.

Krabice byla příliš hladká na to, aby se o ni mohl opřít.

Und schließlich gab er sich noch einen letzten Anstoß, um aufzustehen.

A konečně se naposledy odhodlal vstát.

Er schenkte den Schmerzen in seinem Bauch keine Beachtung mehr.

Bolesti v břiše už nevěnoval pozornost.

Egal wie groß der Schmerz sein würde, er würde es durchstehen.

Bez ohledu na to, jak velká bude bolest, zvládne to.

Er ließ sich gegen die Lehne eines nahegelegenen Stuhls fallen.

Nechal se spadnout na opěradlo blízké židle.

Und er hielt sich mit seinen kleinen Beinchen am Rand fest.

A svými malými nožičkami se držel okrajů.

Zu diesem Zeitpunkt hatte er sich besser im Griff.

V tomto okamžiku se už více ovládal.

Und sein Fall war stiller als der vorherige.

A jeho pád byl tišší než ten předchozí.

Weil er dem Manager zuhören musste.

Protože musel poslouchat, co říká manažer.

„Habt ihr irgendetwas davon verstanden?", fragte er die Eltern.

„Rozuměli jste něčemu z toho?" zeptal se rodičů.

"Er würde uns doch nicht zum Narren halten, oder?"

„Neudělal by z nás přece blázny, že ne?"

„Um Gottes Willen!", rief die Mutter und weinte bereits.

„Proboha," volala matka a už plakala.

„Er könnte schwer krank sein und wir quälen ihn."

„Možná je vážně nemocný a my ho trápíme."

"Grete! Grete!", schrie sie ihrer Tochter zu.

„Grete! Grete!" křičela na dceru.

„Mutter?", rief die Schwester von der anderen Seite.

„Mami?" zavolala sestra z druhé strany.

Dann kommunizierten sie durch Gregors Zimmer.

Pak komunikovali přes Gregorův pokoj.

„Gregor ist sehr krank und braucht Medikamente."

„Gregor je velmi nemocný a potřebuje léky."

„Sie müssen sofort zum Arzt gehen."

"Budete muset okamžitě jít k lékaři."

Hast du gehört, wie Gregor eben gesprochen hat?

„Slyšel jsi, jak Gregor právě mluvil?"

„Das war die Stimme eines Tieres", sagte der Manager.

„To byl hlas zvířete," řekl manažer.

Seine Worte waren leise im Vergleich zu den Schreien der Mutter.

Jeho slova byla tichá ve srovnání s matčiným křikem.

"Anna! Anna!", rief der Vater durch das Vorzimmer.

„Anno! Anno!" volal otec z předsíně.

Und er klatschte in die Hände, um ihre Aufmerksamkeit zu erregen.

A tleskal rukama, aby upoutal jejich pozornost.

"Holt sofort einen Schlüsseldienst!", befahl er dem Dienstmädchen.

„Okamžitě zavolejte zámečníka!" nařídil služebné.

Die Mädchen rannten in ihren Röcken durch das Vorzimmer.

Dívky v sukních proběhly předsíní.

Und ihre Röcke raschelten, als sie an seinem Zimmer vorbeiliefen.

A jejich sukně šustily, když běžely kolem jeho pokoje.

„Wie konnte sich die Schwester so schnell anziehen?", dachte er.

„Jak se ta sestra mohla tak rychle obléknout?" pomyslel si.

Die Tür war aufgerissen, aber nicht zugeschlagen.

Dveře byly rozražené, ale nezabouchnuté.

Dies kommt häufig in Haushalten vor, in denen ein großes Unglück geschieht.

To je běžné v domácnostech, kde se stane velké neštěstí.

All das hatte Gregor jedoch deutlich ruhiger gemacht.

Ale díky tomu všemu se Gregor mnohem uklidnil.

Als er seine eigenen Worte hörte, erschienen sie ihm klar.

Když slyšel svá vlastní slova, zdála se mu jasná.

Tatsächlich war er der Ansicht, seine Worte seien eigentlich klarer gewesen.

Ve skutečnosti měl pocit, že jeho slova byla jasnější.

Die anderen aber verstanden nicht mehr, was er sagte.

Ale ostatní už nechápali, co říká.

Vielleicht hatte er sich inzwischen an seine Ohren gewöhnt.

Možná si už na své uši zvykl.

Aber zumindest verstanden sie seine Situation jetzt besser.

Ale alespoň teď lépe chápali jeho situaci.

Sie erkannten, dass mit ihm tatsächlich etwas nicht stimmte.

Uvědomili si, že s ním opravdu něco není v pořádku.

Und sie taten nun alles, was sie konnten, um ihm zu helfen.

A teď dělali vše, co mohli, aby mu pomohli.

Dies gab Gregor ein Gefühl des Selbstvertrauens, das ihm gefehlt hatte.

To Gregorovi dodalo pocit sebevědomí, který mu chyběl.

Und er fühlte sich in der Familie wieder viel sicherer.

A v rodině se cítil zase mnohem bezpečněji.

Er hatte das Gefühl, wieder in den menschlichen Kreis aufgenommen zu sein.

Cítil se opět začleněný do lidského kruhu.

Nun musste er hoffen, dass der Schlüsseldienst die Tür öffnen konnte.

Teď už jen doufal, že zámečník dokáže otevřít dveře.

Und er hoffte, der Arzt könne solche Aufgaben ausführen.

A doufal, že doktor takové úkoly zvládne.

Er würde bald wieder mehr reden müssen.

Brzy bude muset zase víc mluvit.

Seine Stimme musste so klar wie möglich sein.

Jeho hlas musel být co nejjasnější.

Zur Vorbereitung auf das Treffen räusperte er sich.

Aby se připravil na schůzku, odkašlal si.

Er bemühte sich jedoch, nur sehr leise zu husten.

Snažil se však ze všech sil kašlat jen velmi tiše.

Das Geräusch klang möglicherweise anders als ein menschlicher Husten.

Ten hluk mohl znít jinak než lidský kašel.

Er wusste, dass er solche Dinge nicht mehr unterscheiden konnte.

Věděl, že takové věci už nedokáže rozlišit.

Im Nebenzimmer war es vollkommen still geworden.

V další místnosti se rozhostilo naprosté ticho.

Die Eltern saßen wahrscheinlich am Tisch.

Rodiče pravděpodobně seděli u stolu.

Möglicherweise flüsterten sie mit dem Manager.

Možná si šeptali s manažerem.
Vielleicht lehnten alle an der Tür und lauschten.
Možná se všichni opírali o dveře a poslouchali.
Gregor schob den Stuhl langsam in Richtung Tür.
Gregor pomalu přisunul židli ke dveřím.
Er stemmte sich gegen die Tür und hielt sich aufrecht.
Zatlačil do dveří a udržel se na místě.
Er stellte fest, dass sich an seinen Fußsohlen ein wenig Klebstoff befand.
Zjistil, že na polštářcích jeho nohou je trochu lepidla.
Und er ruhte sich dort einen Moment lang von der Anstrengung aus.
A na chvíli si tam od námahy odpočinul.
Nachdem er sich ausreichend ausgeruht hatte, begann er mit der nächsten Aufgabe.
Poté, co si dostatečně odpočinul, se pustil do dalšího úkolu.
Er begann, den Schlüssel mit dem Mund im Schloss zu drehen.
Začal ústy otáčet klíčem v zámku.
Leider schien er gar keine Zähne zu haben.
Bohužel se zdálo, že nemá žádné skutečné zuby.
Aber welche andere Möglichkeit hätte er gehabt, an die Schlüssel zu gelangen?
Ale jaký jiný způsob měl, jak se klíčů zmocnit?
Zum Glück für ihn waren seine Kiefer natürlich sehr kräftig.
Naštěstí pro něj měl samozřejmě velmi silné čelisti.
Mit Hilfe seiner Kiefermuskeln brachte er den Schlüssel tatsächlich in Bewegung.
S pomocí čelistí skutečně rozpohyboval klíč.
Er hatte keinen Zweifel daran, dass er sich damit auch selbst schadete.
Nepochyboval o tom, že si tím ubližuje i sám sobě.
Weil eine braune Flüssigkeit aus seinem Mund kam.
Protože mu z úst vytékala hnědá tekutina.
Die braune Flüssigkeit ergoss sich über den Schlüssel und die Tür hinunter.
Hnědá tekutina stékala přes klíč a dolů po dveřích.

Aber Gregor kümmerte es nicht, dass er sich selbst schadete.

Gregorovi ale nevadilo, že si tím škodí.

„Können Sie das hören?", fragte der Manager im Nebenraum.

„Slyšíte to?" zeptal se manažer ve vedlejší místnosti.

„Er dreht den Schlüssel um", hatte der Manager bemerkt.

„Otáčí klíčem," všiml si manažer.

Diese Worte waren eine große Ermutigung für Gregor.

Tato slova byla pro Gregora velkým povzbuzením.

Aber auch Vater und Mutter hätten rufen sollen:

Ale otec a matka měli také zvolat:

„Gut gemacht, Gregor!", hätten sie ihm zurufen sollen.

„Výborně, Gregore," měli na něj křičet.

„Immer weiter, immer weiter am Schlüssel drehen, du schaffst das."

"Pokračuj, otáčej tím klíčem, dokážeš to."

Stattdessen musste Gregor sich ihre Begeisterung vorstellen.

Gregor si ale místo toho musel představovat jejich vzrušení.

Er presste die Zähne zusammen mit aller Kraft, die er hatte.

Ze všech sil sevřel čelisti.

Und er drehte den Schlüssel weiter im Schloss.

A dál otáčel klíčem v zámku.

Sein Körper wand sich schmerzhaft im Kreis.

Jeho tělo se bolestivě kroutilo v kruhu.

Er konnte sich nur noch mit dem Mund aufrecht halten.

Teď se držel vzpřímeně jen díky ústům.

Um den Schlüssel weiterzudrehen, drückte er gegen die Tür.

Aby dál otáčel klíčem, tiskl ke dveřím.

Schließlich weckte das Knacken des Schlosses Gregor wieder auf.

Konečně cvaknutí zámku Gregora znovu probudilo.

„Ich brauchte also keinen Schlüsseldienst", seufzte er erleichtert.

„Takže jsem zámečníka nepotřeboval," povzdechl si s úlevou.

Jetzt musste er nur noch die Tür öffnen, die er aufgeschlossen hatte.

Teď už jen musel otevřít dveře, které odemkl.

Und mit dem Kopf auf dem Türgriff öffnete er die Tür.
A s hlavou na klice otevřel dveře.
Er befand sich hinter der Tür, die in sein Zimmer führte.
Byl za dveřmi, které vedly do jeho pokoje.
Die Tür war also schon offen, bevor man ihn sehen konnte.
Takže dveře byly otevřené ještě předtím, než ho někdo mohl
vidět.
Als Nächstes musste er sich um die Tür herummanövrieren.
Pak se musel sám obejít kolem dveří.
Diese schwierige Bewegung erforderte auch viel Mühe.
I tento obtížný pohyb vyžadoval velké úsilí.
Er wollte nicht ungeschickt in den nächsten Raum fallen.
Nechtěl nešikovně spadnout do vedlejší místnosti.
So hatte er keine Zeit, sich auf irgendetwas anderes zu
konzentrieren.
Takže neměl čas věnovat pozornost ničemu jinému.
Doch dann hörte er den Hauptsekretär laut „Oh!" ausrufen.
Ale pak slyšel, jak prokurista hlasitě vykřikl: „Ach!"
Es klang, als würde der Wind durchs Haus rauschen.
Znělo to, jako by domem profukoval vítr.
Er war zufällig derjenige, der der Tür am nächsten stand.
Shodou okolností byl ten nejblíže ke dveřím.
Und als er ihn nun sah, presste er die Hand an den Mund.
A teď, když ho uviděl, si přiložil ruku k ústům.
Langsam bewegte er sich rückwärts, weg von Gregor.
Pomalu se pohnul dozadu, pryč od Gregora.
Aber es war, als ob eine unsichtbare Kraft auf ihn einwirkte.
Ale bylo to, jako by na něj působila neviditelná síla.
Das Erste, was die Mutter tat, war, den Vater anzusehen.
První věc, kterou matka udělala, bylo, že se podívala na otce.
Trotz der Anwesenheit des Managers war ihr Haar zerzaust.
Přestože byla přítomna manažerka, měla rozcuchané vlasy.
Sie verschränkte die Arme und machte zwei Schritte nach
vorn.
Rozpřáhla ruce a udělala dva kroky vpřed.
Doch dann brach sie mitten in ihrem Rock zusammen.
Ale pak se zhroutila uprostřed sukně.

Ihr Kleid breitete sich um sie herum auf dem Boden aus.
Její šaty se rozprostřely kolem ní po podlaze.
Und ihr Kopf verschwand auf ihren eigenen Brüsten.
A její hlava zmizela na jejích vlastních prsou.
Der Vater ballte mit feindseligem Gesichtsausdruck die Faust.
Otec s nepřátelským výrazem zatnul pěst.
Er schien Gregor zurück in sein Zimmer drängen zu wollen.
Zdálo se, že chce Gregora zatlačit zpátky do svého pokoje.
Dann blickte er unsicher im Wohnzimmer umher.
Pak se nejistě rozhlédl po obývacím pokoji.
Und schließlich bedeckte er seine Augen mit den Händen.
A nakonec si zakryl oči dlaněmi.
Und er weinte bitterlich, bis seine mächtige Brust erbebte.
A hořce plakal, až se mu mohutná hruď třásla.
Gregor betrat ihr Zimmer tatsächlich gar nicht.
Gregor ve skutečnosti vůbec nešel do jejich pokoje.
Stattdessen lehnte er sich an den Türrahmen.
Místo toho se opřel o rám dveří.
Von außen war nur die Hälfte seines Körpers sichtbar.
Pro ty zvenčí byla viditelná jen polovina jeho těla.
Und auf seinem Körper befand sich sein Kopf, zur Seite geneigt.
A na těle měl hlavu nakloněnou na stranu.
Das Licht war inzwischen viel heller geworden als zuvor.
Světlo se mezitím stalo mnohem jasnějším než dříve.
Man konnte nun deutlich die andere Straßenseite sehen.
Teď už bylo jasně vidět druhou stranu ulice.
Ein Teil des endlosen, grauen Krankenhauses gab sich zu erkennen.
Odhalila se část nekonečné, šedé nemocnice.
Der Morgenregen hatte noch nicht ganz aufgehört.
Ranní déšť ještě úplně nepřestal padat.
Doch nun waren die Regentropfen größer und weiter voneinander entfernt.
Ale teď byly kapky deště větší a dále od sebe.
Das Frühstücksbuffet war in Hülle und Fülle vorhanden.

Snídaňového jídla bylo na stole v hojné míře.
Der Vater hielt das Frühstück für die wichtigste Mahlzeit.
Otec považoval snídani za nejdůležitější jídlo.
Das Frühstück war eine Mahlzeit, die er stundenlang in die Länge zog.
Snídaně byla jídlo, které vlekl celé hodiny.
Und in diesen Stunden las er die verschiedenen Zeitungen.
A v těchto hodinách četl různé noviny.
Direkt gegenüber hing ein Foto von Gregor.
Hned na protější zdi visela Gregorova fotografie.
Das Foto an der Wand zeigte ihn als Leutnant.
Fotografie na zdi ho ukazovala v hodnosti poručíka.
Es war ein Foto aus seiner Zeit beim Militär.
Byla to fotka z doby, kdy strávil v armádě.
Seine Hand ruhte auf seinem Schwert, und er hatte ein unbeschwertes Lächeln im Gesicht.
Ruku měl na meči a na tváři měl bezstarostný úsměv.
Seine Haltung und seine Uniform flößten einen gewissen Respekt ein.
Jeho držení těla a uniforma vyžadovaly jistý respekt.
Die andere Tür, die zum Vorzimmer führte, war ebenfalls offen.
Druhé dveře, které vedly do předsíně, byly také otevřené.
Und die Tür zur Wohnung war auch noch offen.
A dveře do bytu byly stále otevřené.
Man konnte bis zum Vorhof des Wohnhauses sehen.
Bylo vidět až na dvůr bytu.
Und dann führte die Treppe hinunter auf die Straße.
A pak schody vedly dolů na ulici.
Gregor war der Einzige, der die Fassung bewahrt hatte.
Gregor byl jediný, kdo si zachoval klid.
Er hat das gesehen, daher lag die Verantwortung für das Gespräch bei ihm.
Viděl to, takže rozhovor byl jeho zodpovědností.
"So, ich werde mich jetzt für die Arbeit anziehen", sagte er.
„No, teď se jdu obléknout do práce," řekl.

„Sobald ich die Textilmuster verpackt habe, werde ich abreisen."

„Až si sbalím vzorky textilií, odejdu."

"Beabsichtigen Sie immer noch, mich zu entlassen, Herr Prokurist?"

„Stále mě máte v úmyslu vyhodit, pane Prokuriste?"

„Wie Sie sehen, bin ich nicht so stur, wie Sie dachten."

„Jak vidíš, nejsem tak tvrdohlavý, jak sis myslel."

„Und Sie können sehen, dass ich doch gerne arbeite."

„A vidíš, že koneckonců rád pracuji."

„Ich kann zugeben, dass Reisen aus beruflichen Gründen nicht einfach ist."

"Mohu přiznat, že cestování za prací není snadné."

„Aber ich kann auch akzeptieren, dass es Teil meines Jobs ist."

„Ale dokážu také akceptovat, že je to součást mé práce."

"Manager, wo gehen Sie hin? Zurück ins Büro?"

„Manažere, kam jdete? Zpátky do kanceláře?"

„Werden Sie alles, was Sie gesehen haben, wahrheitsgemäß berichten?"

„Budete pravdivě informovat o všem, co jste viděl?"

„Manchmal kommt es vor, dass man nicht zur Arbeit gehen kann."

"Někdy se stane, že člověk nemůže chodit do práce."

„Das ist der richtige Zeitpunkt, um sich an vergangene Erfolge zu erinnern."

"To je ten správný čas vzpomenout si na minulé úspěchy."

„Nachdem die Schwierigkeit beseitigt wurde, funktioniert es sogar noch besser."

"Po odstranění obtíží se člověku pracuje ještě lépe."

„Mein Fleiß und meine Konzentration werden zunehmen."

"Moje píle a soustředění se budou zvyšovat."

"Sie wissen ganz genau, dass ich dem Chef etwas schulde."

„Víš moc dobře, že jsem šéfovi zavázán."

„Aber ich mache mir auch Sorgen um meine Eltern und meine Schwester."

„Ale také se bojím o své rodiče a sestru."

„Ich stecke in einer schwierigen Lage, aber ich werde einen Weg finden, da wieder herauszukommen."

"Jsem v těžké situaci, ale zvládnu to."

„Macht es nicht noch schwieriger, als es ohnehin schon ist."

„Nedělej to ještě těžší, než to už je."

„Als Kollegen müssen wir uns auch gegenseitig helfen."

"Jako spolupracovníci si také musíme navzájem pomáhat."

„Ich weiß, dass die Büroangestellten die Reisenden nicht mögen."

„Vím, že úředníci nemají rádi cestovatele."

„Ihr glaubt, wir verdienen ein Vermögen und führen ein gutes Leben."

„Myslíš si, že vyděláváme jmění a vedeme dobrý život."

„Sie haben keinen wirklichen Grund, ihre Vorurteile zu hinterfragen."

"Nemají žádný skutečný důvod, aby se zabývali svými předsudky."

„Sie als befugter Beamter haben jedoch eine andere Rolle."

„Ale vy, pověřený úředníku, máte jinou roli."

„Sie haben einen besseren Überblick als die anderen Mitarbeiter."

"Máte lepší přehled než ostatní zaměstnanci."

„Tatsächlich glaube ich, dass Sie den besten Überblick haben."

„Vlastně si myslím, že máte nejlepší přehled."

„Sie haben einen besseren Überblick als der Chef selbst."

„Máte lepší přehled než sám šéf."

„Ich gebe zu, dass der Chef die unternehmerische Arbeit leistet."

„Připouštím, že šéf dělá podnikatelskou práci."

„Aber es ist leicht, dass seine Urteile in die Irre geführt werden."

„Ale jeho úsudky se snadno nechají zmást."

„Und diese kleinen Fehleinschätzungen können uns zum Nachteil gereichen."

"A tyto malé chybné úsudky nám mohou být na škodu."

„Sie wissen ja, wie leicht es ist, über den Reisenden zu sprechen."

„Víš, jak snadné je mluvit o cestovateli."

„Er ist nicht da, um seinen Ruf vor Gerüchten zu verteidigen."

„Není tam proto, aby bránil svou pověst před drby."

„Diese Anschuldigungen können leicht nur Zufälle sein."

"Tato obvinění mohou být snadno jen náhody."

„Viele Beschwerden beruhen nicht einmal auf irgendeiner Wahrheit."

„Mnoho stížností se ani nezakládá na žádné pravdě."

„Er ist fast das ganze Jahr über nicht im Büro."

"Je mimo kancelář téměř celý rok."

Welche Chance hat er, seinen Ruf zu verteidigen?

„Jakou má šanci hájit si vlastní pověst?"

„Er erfährt gar nichts von den Anschuldigungen."

„O obviněních se ani nedozví."

„Er erfährt erst, was gesagt wurde, wenn es zu spät ist."

„Zjistí, co bylo řečeno, až když je příliš pozdě."

„Zu diesem Zeitpunkt ist er von der Tagesreise völlig erschöpft."

„V té době je už vyčerpaný z celodenní cesty."

„Er muss die schrecklichen Konsequenzen trotzdem am eigenen Leib erfahren."

"Stejně musí zažít ty hrozné následky."

„Auch wenn er keine Möglichkeit hat, das Problem zu verstehen."

"I když nemá jak problém pochopit."

"Oh Manager, gehen Sie nicht, ohne mir ein Wort zu sagen."

"Ach, manažere, neodcházejte beze slova."

„Sag mir wenigstens, dass du mir teilweise zustimmst."

„Aspoň mi řekni, že se mnou částečně souhlasíš."

Der Manager hatte sich aber schon viel früher von Gregor abgewandt.

Ale manažer se od Gregora odvrátil mnohem dříve.

Seine Schulter zuckte, als er Gregor anblickte.

Když se podíval zpět na Gregora, zachvělo se mu rameno.

Und er blieb während der gesamten Rede kein einziges Mal stehen.

A během projevu se ani jednou nezastavil.

Er hatte Gregor mit zusammengepressten Lippen angesehen.

Díval se na Gregora se sevřenými rty.

Er hatte sich allmählich in Richtung Tür zurückgezogen.

Pomalu ustupoval ke dveřím.

Aber auch er konnte den Blick nicht von Gregor abwenden.

Ale nemohl spustit oči ani z Gregora.

Er hatte das Gefühl, es gäbe ein geheimes Verbot, den Raum zu verlassen.

Měl pocit, jako by existoval tajný zákaz opustit místnost.

Zu diesem Zeitpunkt befand er sich aber bereits in der Eingangshalle.

Ale v této fázi už byl ve vstupní hale.

Und nun machte er eine plötzliche Bewegung in Richtung Ausgang.

A teď prudce zamířil k východu.

Er streckte seine rechte Hand in Richtung der Treppe aus.

Natáhl pravou ruku ke schodům.

Vielleicht wartete eine übernatürliche Macht darauf, ihn zu retten.

Možná na něj čekala nadpřirozená síla, aby ho zachránila.

Gregor wusste, dass er ihn so nicht gehen lassen konnte.

Gregor věděl, že ho nemůže nechat jen tak odejít.

Der Manager darf nicht in der Stimmung zurückkehren, in der er sich befand.

Manažer se nesmí vrátit v takové náladě, v jaké byl.

Gregors Arbeitsplatz war stark gefährdet.

Bezpečnost Gregorova zaměstnání byla velmi ohrožena.

Die Eltern konnten das alles nicht vollständig verstehen.

Rodiče tomu všemu nemohli plně porozumět.

Über die Jahre hatten sie sich an seine Arbeitsplatzsicherheit gewöhnt.

Během let si zvykli na jeho jistotu zaměstnání.

Und sie waren davon überzeugt, dass er den Job auf Lebenszeit hatte.

A byli přesvědčeni, že tohle povolání má na celý život.
Stattdessen hatten sie sich mit anderen Sorgen beschäftigt.
Místo toho byli zaneprázdněni jinými starostmi.
Doch diese Bedenken führten dazu, dass sie jegliche Weitsicht verloren.
Ale tyto obavy je vedly ke ztrátě veškeré předvídavosti.
Gregor hatte jedoch die elterliche Weitsicht nicht verloren.
Gregor však neztratil rodičovu předvídavost.
Jemand musste den Bevollmächtigten stoppen.
Někdo musel zastavit oprávněného zástupce.
Er musste ihn beruhigen und überzeugen.
Bude ho muset uklidnit a přesvědčit.
Davon hing die Zukunft von Gregor und seiner Familie ab!
Budoucnost Gregora a jeho rodiny na tom závisela!
Wenn doch nur die kluge Schwester da gewesen wäre, um zu helfen.
Kéž by tu byla ta inteligentní sestra a pomohla.
Sie hatte schon geweint, als Gregor noch in seinem Zimmer war.
Už plakala, když byl Gregor ještě ve svém pokoji.
Zu diesem Zeitpunkt lag er einfach nur ruhig auf dem Rücken.
V tu chvíli jen tiše ležel na zádech.
Sie wusste damals schon um die Bedeutung der Situation.
Už tehdy si uvědomovala důležitost situace.
Der Manager hatte bekanntermaßen eine Schwäche für Frauen.
Manažer měl pro ženy všeobecně známou slabost.
Sie hätte ihn leicht dazu überreden können, länger zu bleiben.
Snadno by ho mohla přesvědčit, aby zůstal déle.
Sie hätte die Tür geschlossen und ihn wieder hineingeführt.
Zavřela by dveře a vedla ho zpátky dovnitř.
Doch leider war die Schwester bereits aufgebrochen, um einen Arzt zu holen.
Ale sestra bohužel šla pro lékaře.

Deshalb blieb Gregor nichts anderes übrig, als es selbst zu tun.

Gregor tedy neměl jinou možnost, než to udělat sám.

Er hatte nicht bedacht, welche Fähigkeiten er tatsächlich besaß.

Neuvažoval o tom, jaké jsou jeho skutečné schopnosti.

Und er hatte vergessen, seiner Fähigkeit zu sprechen zu misstrauen.

A zapomněl nedůvěřovat své schopnosti mluvit.

Dennoch verließ er die Sicherheit seines Zimmers.

Přesto však opustil bezpečí svého pokoje.

Und er drängte sich durch die Öffnung des Zimmers.

A protlačil se otvorem v místnosti.

Der Manager war bereits auf dem Weg die Treppe hinunter.

Manažer už scházel po schodech.

Aber er hielt sich mit beiden Händen am Geländer fest.

Ale oběma rukama se držel zábradlí.

Gregor stürzte, als er sich durch die Tür schob.

Gregor spadl, když se prodíral dveřmi.

Er stieß einen kleinen Schrei aus, als er nach Halt griff.

Vydal tichý výkřik, když se chytil za oporu.

Doch anstatt in Panik zu geraten, verspürte er ein körperliches Wohlbefinden.

Ale spíše než paniku cítil fyzické blaho.

Zum ersten Mal an diesem Morgen fühlte sich etwas richtig an.

Poprvé to ráno se něco zdálo být správné.

Alle seine Beine standen nun auf festem Boden.

Všechny jeho nohy teď měly pod sebou pevnou půdu pod nohama.

Er war überrascht, wie gut er seine Beine kontrollieren konnte.

Překvapilo ho, jak dobře dokáže ovládat nohy.

Er freute sich, festzustellen, dass seine Beine ihm vollkommen gehorchten.

S radostí si všiml, že ho nohy naprosto poslouchají.

Tatsächlich trugen ihn seine Beine überall hin, wo er hinwollte.

Vlastně ho nohy nesly, kam chtěl.

Bald würden all seine Sorgen ein Ende finden.

Brzy měly všechny jeho strasti skončit.

Doch im selben Augenblick sprang seine eigene Mutter auf.

Ale v tu samou chvíli vyskočila jeho vlastní matka.

Ihre Arme waren ausgestreckt und ihre Finger gespreizt.

Měla rozpažené paže a roztažené prsty.

Und sie schrie: „Hilfe, um Gottes willen, helft mir!"

A ona vykřikla: „Pomoc, proboha, někdo pomozte!"

Sie neigte den Kopf; sie wollte Gregor besser sehen.

Naklonila hlavu; chtěla Gregora lépe vidět.

Doch im Gegensatz zu ihrer ersten Handlung rannte sie zurück.

Ale v kontrastu s první akcí běžela zpět.

Sie hatte vergessen, dass der Tisch hinter ihr gedeckt war.

Zapomněla, že za ní byl prostřený stůl.

Alle Speisen fürs Frühstück standen noch auf dem Tisch.

Všechny věci k snídani byly stále na stole.

Sie setzte sich hastig auf den Tisch, als sei sie abgelenkt.

Rychle se posadila na stůl, jako by ji to rozptýlilo.

Und sie schien den verschütteten Kaffee nicht zu bemerken.

A zdálo se, že si rozlité kávy nevšimla.

Der Kaffee, der inzwischen in den Teppich eingezogen war.

Káva, která se teď vsakovala do koberce.

„Mutter, Mutter", sagte Gregor leise und blickte zu ihr auf.

„Mami, mami," řekl Gregor tiše a vzhlédl k ní.

Im Moment war ihm der Manager nicht wichtig.

Prozatím pro něj manažer nebyl důležitý.

Aber da war auch noch der Kaffee, der auf den Teppich tropfte.

Ale také tam byla káva kapající na koberec.

Gregor konnte nicht widerstehen und schnappte nach dem Kaffee.

Gregor neodolal a klapl čelistmi do kávy.

Die Mutter fing wegen seines Verhaltens wieder an zu weinen.

Matka se kvůli jeho chování znovu rozplakala.

Sie sprang vom Tisch, um Abstand von ihm zu gewinnen.

Seskočila ze stolu, aby se od něj distancovala.

Und sie rannte in die Arme ihres Vaters, um Schutz zu suchen.

A rozběhla se otci do náruče, aby se uchýlila k bezpečí.

Doch Gregor hatte jetzt keine Zeit mehr für seine Eltern.

Ale Gregor teď na rodiče neměl čas nazbyt.

Der zuständige Beamte befand sich bereits auf der Treppe.

Pověřený úředník už byl na schodech.

Er hatte sein Kinn auf dem Geländer, um ins Haus zu schauen.

Měl bradu opřenou o zábradlí, aby se podíval do domu.

Offenbar wollte er sich das Spektakel noch ein letztes Mal ansehen.

Zřejmě se chtěl na tu podívanou podívat ještě naposledy.

Und Gregor unternahm einen letzten Versuch, den Manager zu erreichen.

A Gregor se naposledy pokusil spojit s manažerem.

Er rannte so sicher wie möglich zur Tür.

Běžel ke dveřím tak bezpečně, jak jen dokázal.

Aber der Hauptsekretär muss etwas geahnt haben.

Ale vrchní úředník musel mít něco podezření.

Denn er sprang mehrere Stufen hinunter und verschwand.

Protože seskočil o několik schodů dolů a zmizel.

"Huh!", rief Gregor, und sein Ruf hallte durch das Treppenhaus.

„Hm!" zakřičel Gregor a ozvěna se rozléhala schodištěm.

Die Flucht des Managers schien auch seinen Vater zu verwirren.

Útěk manažera zřejmě zmátl i jeho otce.

Bis dahin war es ihm gelungen, recht gefasst zu bleiben.

Do té doby se mu dařilo zachovat si docela klid.

Doch leider verlor auch er die Fassung, die er zuvor besessen hatte.

Ale bohužel i on ztratil dřívější rozvahu.

Er hätte Gregor bei seinem Vorhaben helfen sollen.

Měl Gregorovi v jeho pronásledování pomoci.

Doch er packte den Gehstock des Managers mit einer Hand.

Ale jednou rukou chytil manažerovu hůl.

In seiner anderen Hand hielt er nun eine Zeitung.

A v druhé ruce teď držel noviny.

Und nun behinderte er Gregor direkt bei seinem Vorhaben.

A teď přímo překazil Gregorovi v jeho pronásledování.

Er hatte sich zwischen Gregor und die Straße gestellt.

Postavil se mezi Gregora a ulici.

Er stampfte mit den Füßen auf und fuchtelte mit dem Stock und der Zeitung herum.

Dupal nohama a zamával klackem s novinami.

Und er zwang Gregor aktiv zurück in sein Zimmer.

A aktivně nutil Gregora zpátky do jeho pokoje.

Keine der Bitten, die Gregor äußerte, half.

Žádná z Gregorových žádostí nepomohla.

Weil keines seiner Anliegen verstanden wurde.

Protože žádná z jeho žádostí nebyla pochopena.

Er wandte den Kopf in eine tiefere, demütigere Haltung.

Otočil hlavu do hlubšího, pokornějšího úhlu.

Doch sein Vater antwortete, indem er noch heftiger mit den Füßen aufstampfte.

Ale jeho otec odpověděl ještě silnějším dupáním nohama.

Die Mutter öffnete trotz des kühlen Wetters ein Fenster.

Matka otevřela okno, i když bylo chladno.

Und sie presste ihr Gesicht in die Hände vor Kälte.

A v chladu si skryla obličej do dlaní.

Der Wind konnte nun durch die gesamte Wohnung strömen.

Vítr teď mohl projít celým bytem.

Ein starker Luftzug wehte vom Treppenhaus in die Gasse.

Od schodiště do uličky foukal silný průvan.

Die Vorhänge wurden vom starken Wind hin und her bewegt.

Záclony vlály v silném větru.

Und die Zeitung auf dem Tisch raschelte im Wind.

A noviny na stole šustily ve větru.

Sogar einige Blätter wurden von draußen ins Haus geweht.

Dokonce i nějaké listí nafouklo do domu zvenčí.

Der Vater stampfte mit den Füßen und schob unerbittlich.

Otec dupal nohama a neúnavně tlačil.

Und er zischte und gab Geräusche von sich, wie es ein Wilder tun würde.

A syčel a vydával zvuky jako divoký muž.

Gregor hatte das Rückwärtsgehen aber noch nicht geübt.

Ale Gregor ještě neměl nacvičenou chůzi pozpátku.

Selbst Gregor würde zugeben, dass diese Bewegung wesentlich langsamer vonstatten ging.

Dokonce i Gregor by připustil, že tento pohyb byl mnohem pomalejší.

Doch alles, was er wollte, war die Gelegenheit, umzukehren.

Jediné, co ale chtěl, byla příležitost se otočit.

Dann wäre er sofort in sein Zimmer gegangen.

Pak by šel hned do svého pokoje.

Aber er hatte zu große Angst, seinen Vater ungeduldig zu machen.

Ale příliš se bál, že by otce znervóznil.

Und es bestand die Drohung mit einem Schlag mit dem Stock.

A hrozila i rána holí.

Ein solcher Schlag auf den Hinterkopf könnte tödlich sein.

Takový úder do zadní části hlavy by mohl být smrtelný.

Am Ende blieb Gregor jedoch keine andere Wahl.

Ale nakonec Gregorovi nezbylo nic jiného.

Ihm wurde klar, dass er nicht einmal mehr geradeaus rückwärts gehen konnte.

Uvědomil si, že nedokáže chodit ani dozadu rovně.

Er begann sich so schnell wie möglich umzudrehen.

Začal se otáčet tak rychle, jak jen dokázal.

Doch in Wirklichkeit war diese Drehbewegung genauso langsam.

Ale ve skutečnosti byl tento otáčecí pohyb stejně pomalý.

Und ihm folgten die besorgten Blicke des Vaters.

A otec ho sledoval úzkostlivými pohledy.

Vielleicht bemerkte der Vater Gregors gute Absichten.

Možná si otec všiml Gregorových dobrých úmyslů.

Weil er ihn nicht daran hinderte, sich umzudrehen.

Protože mu nebránil v otočení.

Er benutzte sogar die Spitze seines Stocks, um die Drehung zu steuern.

Dokonce používal špičku své hole k vedení rotace.

Gregor wünschte sich aber dennoch, sein Vater hätte ihn nicht angefaucht!

Ale Gregor si stále přál, aby na něj otec nezasyčel!

Das Zischen trug nur noch zur Verwirrung des Augenblicks bei.

Syčení jen přispělo k danému zmatku.

Und dann unterlief ihm ein Fehler, und er bog in die falsche Richtung ab.

A pak udělal chybu a odbočil špatným směrem.

Am Ende gelang es ihm schließlich doch, den richtigen Weg einzuschlagen.

Nakonec se mu konečně podařilo postavit se správným směrem.

Und er war zufrieden mit den Fortschritten, die er gemacht hatte.

A byl spokojený s pokrokem, kterého dosáhl.

Doch dann trat das nächste Problem noch deutlicher zutage.

Ale pak se další problém stal ještě zřetelnějším.

Sein Körper war zu breit, um problemlos durch die Tür zu passen.

Jeho tělo bylo příliš široké na to, aby se snadno vešlo dveřmi.

In seinem jetzigen Zustand bemerkte der Vater dies nicht.

V jeho současném stavu si toho otec nevšiml.

Deshalb kam es ihm nicht in den Sinn, die Tür weiter zu öffnen.

Takže ho nenapadlo otevřít dveře dál.

Dann wäre genügend Platz für Gregor gewesen.

Pak by tam byl dostatek místa pro Gregora.

Seine einzige Priorität war es, Gregor in sein Zimmer zu bringen.

Jeho jedinou prioritou bylo dostat Gregora do svého pokoje.

Er hätte aufstehen müssen, um durch die Tür zu passen.

Musel by se postavit, aby se protáhl dveřmi.

Der Vater hätte ein solches Manöver jedoch nicht zugelassen.

Ale otec by takový manévr nedovolil.

Tatsächlich fauchte er ihn noch heftiger an als zuvor.

Vlastně na něj syčel ještě divočeji než předtím.

Es klang nach mehr als nur einem Mann, der ihn anzischt.

Znělo to, jako by na něj syčel víc než jen jeden muž.

Seine Forderungen schienen nun an Dringlichkeit gewonnen zu haben.

Jeho požadavky jako by měly novou naléhavost.

Für Spielereien war jetzt wirklich keine Zeit mehr.

Teď už opravdu nebyl čas na blbnutí.

Was auch immer geschah, Gregor musste durch die Tür gelangen.

Ať se stalo cokoli, Gregor se musel dostat dveřmi.

Er kämpfte sich ohne jegliche Rücksicht auf sich selbst durch.

Protlačil se dál bez jakékoli sebeúcty.

Durch die Bewegung wurde eine Seite seines Körpers nach oben gedrückt.

Jedna strana jeho těla byla pohybem tlačena nahoru.

Und er lag unbeholfen und schief zwischen den Türrahmen.

A ležel neohrabaně a křivě mezi dveřmi.

Eine seiner Flanken war am Holz wundgescheuert.

Jeden z jeho boků byl odřený o dřevo.

Und er hatte hässliche Flecken auf der weiß gestrichenen Tür hinterlassen.

A na bíle natřených dveřích zanechal ošklivé skvrny.

Auf einer Seite seines Körpers hingen die Beine zitternd in der Luft.

Nohy na jedné straně mu třásly se ve vzduchu.

Seine anderen Beine drückten schmerzhaft gegen den Boden.

Jeho ostatní nohy byly bolestivě přitisknuté k podlaze.

Bald würde er vollständig zwischen den Türen eingeklemmt sein.

Brzy bude mezi těmi dveřmi úplně zaseknutý.

Und dann hätte er sich überhaupt nicht mehr bewegen können.

A pak by se vůbec nemohl pohnout.

Doch der Vater gab ihm einen wahrhaft befreienden, starken Anstoß.

Ale otec mu dal skutečně osvobozující silný impuls.

Und er stürzte, stark blutend, tief in sein Zimmer hinein.

A silně krváceje spadl hluboko do svého pokoje.

Der Vater knallte die Tür hinter sich mit seinem Stock zu.

Otec za sebou práskl dveřmi holí.

Und dann kehrte endlich wieder Ruhe ein.

A pak konečně zase nastal klid a ticho.

<h1 style="text-align:center">Teil Zwei</h1>
Druhá část

Gregor wachte erst viel später am Tag auf.

Gregor se probudil až mnohem později během dne.

Die Dämmerung war hereingebrochen; er hatte tief und fest geschlafen.

Padl soumrak; spal tvrdě a bez vědomí.

Er wäre auch ohne Störung aufgewacht.

Probudil by se i bez vyrušení.

Denn er fühlte sich ausreichend ausgeruht und gut geschlafen.

Protože se cítil dostatečně odpočatý a dobře vyspalý.

Aber er glaubte, draußen flüchtige Schritte zu hören.

Ale zdálo se mu, že venku slyšel nějaké letmé kroky.

Und vielleicht hat jemand die Haustür sorgfältig geschlossen.

A někdo možná opatrně zavřel vchodové dveře.

Das Licht der elektrischen Straßenbahn lag blass an der Decke.

Světlo elektrické tramvaje leželo bledě na stropě.

Auch die Oberseite der Möbel wurde ein wenig beleuchtet.

Vršek nábytku také dostal trochu světla.

Doch unten am Boden, auf Gregors Höhe, war es dunkel.

Ale dole na zemi, na Gregorově úrovni, byla tma.

Seine Beine schoben ihn langsam wieder in Richtung Tür.

Jeho nohy ho pomalu tlačily zpět ke dveřím.

Er war sehr neugierig, zu sehen, was dort geschehen war.

Byl velmi zvědavý, co se tam stalo.

Seine Kontrolle über seine Fühler war jedoch noch nicht entwickelt.

Ale jeho ovládání citů ještě nebylo vyvinuto.

Obwohl er diese neuen Sensoren allmählich zu schätzen begann.

I když si tyto nové senzory začal vážit.

Eine lange, unansehnliche Narbe schien seine linke Seite hinunterzulaufen.

Po levé straně se mu zdánlivě táhla dlouhá nepříjemná jizva.

Die Narbe fühlte sich an, als würde sie diese Seite seines Körpers einengen.

Jizva jako by mu stahovala tu stranu těla.

Und so musste er buchstäblich auf seinen zwei Beinreihen humpeln.

A tak musel doslova kulhat na svých dvou řadách nohou.

Eines seiner Beine war an diesem Morgen schwer verletzt worden.

Toho rána měl vážně zraněnou jednu nohu.

Es war wirklich ein Wunder, dass er sich nicht noch mehr Beine gebrochen hatte.

Byl to vlastně zázrak, že si nezlomil další nohy.

Und so schleppte er sein verletztes Bein leblos hinter sich her.

A tak si bezvládně vláčel zraněnou nohu za sebou.

Als er die Tür erreichte, erkannte er etwas Tiefgreifendes.

Když došel ke dveřím, uvědomil si něco hlubokého.

Es war der Geruch von etwas, der ihn dorthin gelockt hatte.

Byl to zápach něčeho, co ho tam zlákalo.

In Gregors Zimmer war etwas Essbares für ihn hinterlassen worden.

Pro Gregora nechali v pokoji něco jedlého.

Stückchen Weißbrot schwimmen in einer Schüssel mit süßer Milch.

Kousky bílého chleba plovoucí v misce sladkého mléka.

Er konnte seine innere Freude kaum verbergen.

Jen stěží dokázal potlačit radost, která v něm drásala.

Er war jetzt noch hungriger als am Morgen.

Měl teď ještě větší hlad než ráno.

Er tauchte sofort seinen Kopf in die Schüssel mit Milch.

Okamžitě ponořil hlavu do misky s mlékem.

Die Milch quoll ihm fast über den ganzen Kopf, bis zu den Augen.

Mléko mu vytékalo skoro z hlavy, až k očím.

Doch schon bald riss er den Kopf zurück, bitter enttäuscht.

Ale brzy zaklonil hlavu, hořce zklamaný.

Das Essen war aufgrund seiner empfindlichen linken Seite schwierig.

Jídlo bylo obtížné kvůli jeho citlivé levé straně.

Und er konnte nur essen, indem er mit dem ganzen Körper keuchte.

A jíst mohl jen lapáním po dechu celým tělem.

Das war jedoch nicht der wahre Grund für seine Enttäuschung.

Ale to nebyl pravý důvod jeho zklamání.

Milch war schon immer eines seiner Lieblingsgerichte gewesen.

Mléko vždycky patřilo k jeho nejoblíbenějším jídlům.

Er hatte keinen Zweifel daran, dass seine Schwester sich daran erinnerte.

Nepochyboval o tom, že si to jeho sestra pamatovala.

Und das war der Grund, warum sie ihm Milch gegeben hatte.

A to byl důvod, proč mu dala mléko.

Er konnte nicht erklären, warum er Milch jetzt nicht mehr mochte.

Nedokázal vysvětlit, proč teď nemá rád mléko.

Und er wandte sich fast widerwillig von der Schüssel ab.

A odvrátil se od misky téměř s neochotou.

Enttäuscht kroch er zurück in die Mitte des Raumes.

Zklamaný se odplazil zpátky doprostřed místnosti.

Hier konnte er durch den Türspalt hindurchsehen.

Zde mohl vidět skrz škvíru ve dveřích.

Er konnte sehen, dass im Wohnzimmer das Feuer brannte.

Viděl, že v obývacím pokoji hoří krb.

Gewöhnlich las der Vater um diese Zeit die Zeitung.

Obvykle v tuto dobu otec četl noviny.

Er las seiner Mutter immer mit erhobener Stimme vor.

Vždycky četl matce zvýšeným hlasem.

Manchmal lauschte auch die Schwester dem Vater.

Někdy i sestra poslouchala otce.

Sie hatte Gregor immer von diesem Vorlesen erzählt.

Vždycky Gregorovi o tomhle čtení nahlas vyprávěla.

Doch heute war aus dem Zimmer kein Laut zu hören.

Ale dnes se z místnosti neozval žádný zvuk.

Vielleicht war diese Gewohnheit bereits in Vergessenheit geraten.

Možná, že tento zvyk už vyšel z praxe.

Eine tiefe Stille hatte sich über die gesamte Wohnung gelegt.

V celém bytě se rozhostilo hluboké ticho.

Obwohl er wusste, dass die Wohnung ganz sicher nicht leer war.

I když věděl, že byt rozhodně není prázdný.

„Was für ein ruhiges Leben die Familie doch führte", dachte Gregor.

„To je ale klidný život," pomyslel si Gregor.

Und er blickte mit großem Stolz in die Dunkelheit.

A s velkou hrdostí zíral do tmy.

Er war stolz auf das Leben, das er ihnen hatte ermöglichen können.

Byl hrdý na život, který jim mohl dát.

Er war stolz auf die schöne Wohnung, in der sie lebten.

Byl hrdý na krásný byt, ve kterém žili.

Doch sollte dieser Frieden nun ein schreckliches Ende nehmen?

Ale měl veškerý tento mír skončit hrozným způsobem?

Würde man ihnen ihren Wohlstand nehmen?

Měla jim být odebrána prosperita?

War ihre Zufriedenheit nun in Zukunft ungewiss?

Byla jejich spokojenost v budoucnu nyní nejistá?

Doch er wollte sich nicht in solchen Gedanken verlieren.

Ale nechtěl se v takových myšlenkách ztratit.

Um sich die Zeit zu vertreiben, kroch er die Wände rauf und runter.

Aby se něčím zaměstnával, plazil se po zdech nahoru a dolů.

Im Laufe des langen Abends würde eine Tür einen Spalt breit geöffnet.

Během dlouhého večera se jedny dveře lehce pootevřely.

Und zu einem anderen Zeitpunkt öffnete sich die andere Tür einen Spaltbreit.

A jindy se druhé dveře trochu pootevřely.
Doch beide Male wurden die Türen schnell wieder geschlossen.
Ale v obou případech se dveře rychle zase zavřely.
Offenbar hatte jemand draußen den Wunsch, hereinzukommen.
Někdo zvenčí měl evidentně touhu vejít dovnitř.
Aber sie hatten auch zu viele Bedenken, hereinzukommen.
Ale také měli příliš mnoho obav z příchodu.
Gregor blieb nun direkt vor der Wohnzimmertür stehen.
Gregor se nyní zastavil přímo u dveří obývacího pokoje.
Er war fest entschlossen, den zögernden Besucher irgendwie zu verführen.
Byl odhodlán váhajícího návštěvníka nějak nalákat.
Und er wollte auch wissen, wer der Besucher gewesen war.
A také chtěl vědět, kdo byl ten návštěvník.
Doch an diesem Abend wurde die Tür kein drittes Mal geöffnet.
Ale toho večera se dveře potřetí neotevřely.
Und Gregor verbrachte seine Zeit vergeblich damit, an der Tür zu warten.
A Gregor marně trávil čas čekáním u dveří.
Früher am Tag wollten sie alle in den Raum kommen.
Dříve toho dne chtěli všichni vejít do místnosti.
Jetzt, da die Türen unverschlossen waren, würde es ihnen leichter fallen.
Teď, když byly dveře odemčené, to pro ně bylo jednodušší.
Aber sie entschieden sich dafür, auf der anderen Seite des Raumes zu bleiben.
Ale rozhodli se zůstat na druhé straně místnosti.
Gregor bemerkte, dass die Schlüssel nicht mehr in ihren Schlössern steckten.
Gregor si všiml, že klíče už nejsou v zámcích.
Jemand muss die Schlüssel zum Außenschloss umgesteckt haben.
Někdo musel přesunout klíče k vnějšímu zámku.

Erst spät in der Nacht wurde das Licht im Wohnzimmer ausgeschaltet.

Teprve pozdě v noci zhaslo světlo v obývacím pokoji.

Die Familie muss die ganze Zeit wach geblieben sein.

Rodina musela celou dobu zůstat vzhůru.

Und Gregor konnte deutlich hören, wie sie sich auf Zehenspitzen davonschlichen.

A Gregor je jasně slyšel, jak se po špičkách vzdalují.

Nun würde bis zum Morgen niemand zu Gregor kommen.

Teď už za Gregorem nikdo nepřijde až do rána.

So hatte er lange Zeit für sich, um ungestört nachzudenken.

Měl tedy spoustu času pro sebe, aby nerušeně přemýšlel.

Wie könnte man sein Leben jetzt am besten neu ordnen?

Jaký by byl nejlepší způsob, jak si teď reorganizovat život?

Doch die hohen Wände des leeren Zimmers ängstigten ihn.

Ale vysoké zdi prázdné místnosti ho děsily.

Ihm blieb keine andere Wahl, als sich flach auf den Boden zu legen.

Neměl jinou možnost, než se položit na zem.

Und er fand in diesem Raum niemals die Ursache seiner Angst.

A v tom prostoru nikdy nenašel příčinu svého strachu.

Es war dasselbe Zimmer, in dem er seit fünf Jahren lebte.

Byl to ten samý pokoj, ve kterém žil pět let.

Halb bewusst machte er eine Bewegung in Richtung Sofa.

Napůl bezděčně se pohnul k pohovce.

Und ohne jede Scham versteckte er sich unter dem Sofa.

A bez jakéhokoli studu se schoval pod pohovku.

Dort unten fühlte er sich sofort wieder sehr wohl.

Tam dole se okamžitě cítil zase velmi pohodlně.

Obwohl sein Rücken etwas gequetscht war.

Přestože měl trochu otlačená záda.

Auch unter dem Sofa konnte er seinen Kopf nicht mehr heben.

Už nemohl ani zvednout hlavu pod pohovkou.

Aber selbst das zog er einem Aufenthalt im Freien vor.

Ale i tomu dával přednost před jakýmkoli otevřeným prostranstvím.

Er bedauerte jedoch, dass sein Körper so breit war.

Litoval však, že jeho tělo bylo tak široké.

Das Sofa konnte seinen ganzen Körper nicht vollständig bedecken.

Pohovka nemohla zcela zakrýt celé jeho tělo.

Er blieb die ganze Nacht unter dem Sofa.

Zůstal pod pohovkou celou noc.

Die Nacht verbrachte er halb schlafend, geplagt von seinem Hunger.

Noc strávil v napůl spáncích, vyrušený hladem.

Und die Zeit, die er wach war, verbrachte er entweder in Sorgen oder in Hoffnung.

A čas, kdy byl vzhůru, trávil buď starostmi, nebo nadějí.

Doch all seine vagen Hoffnungen führten zu demselben Schluss.

Ale všechny jeho neurčité naděje vedly ke stejnému závěru.

Ihm blieb nichts anderes übrig, als vorerst zu schweigen.

Neměl jinou možnost, než prozatím mlčet.

Er musste der Familie gegenüber Geduld und Rücksichtnahme zeigen.

Musel projevit trpělivost a ohleduplnost k rodině.

Es war die einzige Möglichkeit, die Unannehmlichkeiten erträglich zu machen.

Byl to jediný způsob, jak si tu nepříjemnost udělat snesitelnou.

Die Unannehmlichkeiten, die er nun der Familie auferlegte.

Nepříjemnosti, které teď rodině způsoboval.

Er musste nicht lange warten, um sein Mitgefühl unter Beweis zu stellen.

Nemusel dlouho čekat, než prokázal svůj soucit.

Früh am Morgen schaute die Schwester in sein Zimmer.

Brzy ráno se sestra podívala do jeho pokoje.

Obwohl es eigentlich genauso viel Nacht wie Morgen war.

I když ve skutečnosti byla stejně tak noc jako ráno.

Sie war vollständig angezogen und schien aufgeregt zu sein.

Byla kompletně oblečená a zdálo se, že projevuje vzrušení.

Die Tragfähigkeit seiner neu getroffenen Entscheidung könnte sich bewähren.

Síla jeho nově učiněného rozhodnutí mohla být prověřena.

Sie entdeckte ihn nicht sofort auf Anhieb.

Nenašla ho hned na první pohled.

Er musste irgendwo sein; weggeflogen konnte er nicht sein.

Musel někde být, nemohl uletět.

Doch dann schweifte ihr Blick ein zweites Mal durch den Raum.

Ale pak její oči znovu přelétly po místnosti.

Und dieses Mal entdeckte sie seinen Oberkörper unter dem Sofa.

A tentokrát zahlédla jeho trup pod pohovkou.

Sie war so verängstigt, dass sie jegliche Selbstbeherrschung verlor.

Byla tak vyděšená, že ztratila veškerou sebekontrolu.

Und ihre erste Reaktion war, die Tür wieder zuzuschlagen.

A její první reakcí bylo znovu prásknout dveřmi.

Doch sie schien ihr Verhalten auch sofort zu bereuen.

Ale zdálo se, že svého chování okamžitě litovala.

Kaum hatte sie die Tür zugeschlagen, öffnete sie sie auch schon wieder.

Jakmile práskla dveřmi, znovu je otevřela.

Und diesmal schlich sie sich leise auf Zehenspitzen in den Raum.

A tentokrát se opatrně po špičkách vkradla do místnosti.

Sie bewegte sich, als ob sie eine schwerkranke Person besuchen würde.

Pohybovala se, jako by navštěvovala těžce nemocného člověka.

Oder sie könnte einen völlig Fremden besucht haben.

Nebo mohla navštívit úplně cizího člověka.

Gregor drückte seinen Kopf fast bis an den Rand des Sofas.

Gregor strčil hlavu téměř k okraji pohovky.

Und von unterhalb des Tresors beobachtete er sie im Zimmer.

A zpod trezoru ji pozoroval v pokoji.

**Würde sie bemerken, dass er die Milch stehen gelassen
hatte?**
Všimne si, že tam nechal mléko?
**Er hatte die Milch nicht etwa aus Mangel an Hunger stehen
gelassen.**
Neopustil mléko, protože by neměl hlad.
Wollte sie ihm stattdessen anderes Essen bringen?
Přinese mu místo toho jiné jídlo?
**Vielleicht ein Gericht, das seinen Vorlieben besser
entsprach.**
Možná pokrm, který by lépe vyhovoval jeho preferencím.
Aber sie hätte seinen Appetit selbst bemerken müssen.
Ale jeho chuti k jídlu si musela všimnout sama.
Er wäre lieber verhungert, als sie davon erfahren zu lassen.
Raději by zemřel hlady, než aby jí to dal najevo.
Eigentlich hätte er es ihr sehr gerne gesagt.
Vlastně by jí to moc rád řekl.
Er war wirklich versucht, unter dem Sofa hervorzuschießen.
Opravdu ho lákalo vystřelit zpod pohovky.
Er wollte sich seiner Schwester zu Füßen werfen.
Chtěl se vrhnout sestře k nohám.
Und er wollte sie um etwas Leckeres zu essen bitten.
A chtěl ji požádat o něco dobrého k jídlu.
Doch dann blickte die Schwester zu der Schüssel mit Milch.
Ale pak sestra pohlédla k misce s mlékem.
Sie bemerkte sofort, dass die Schüssel noch voll war.
Okamžitě si všimla, že mísa je stále plná.
**Sie war ziemlich überrascht, dass Gregor nichts gegessen
hatte.**
Docela ji překvapilo, že Gregor nic nejedl.
Nur ein wenig Milch war auf den Boden verschüttet worden.
Na podlahu se rozlilo jen trochu mléka.
Sie nahm sofort die Schüssel und trug sie hinaus.
Okamžitě zvedla misku a odnesla ji.
**Er sah, dass sie die Schüssel nicht mit bloßen Händen
aufgehoben hatte.**
Viděl, že nezvedla misku holýma rukama.

Stattdessen hob sie die Schüssel mit einem der Lappen hoch.
Místo toho zvedla misku jedním z hadrů.
Gregor vergaß dieses kleine Detail jedoch sehr schnell.
Gregor ale na tento drobný detail velmi rychle zapomněl.
Er war nun von etwas ganz anderem viel begeisterter.
Teď ho mnohem víc nadchlo něco jiného.
Was könnte sie als Ersatz für die Milch mitbringen?
Co by mohla přinést jako náhradu za mléko?
Er hatte verschiedene Vermutungen darüber, was sie wohl mitbringen könnte.
Měl různé myšlenky o tom, co by mohla přinést.
Doch die Güte seiner Schwester übertraf seine Erwartungen.
Ale laskavost jeho sestry předčila jeho očekávání.
Ihr wurde klar, dass sie herausfinden musste, was seine neuen Vorlieben waren.
Uvědomila si, že musí vyzkoušet, jaké jsou jeho nové chutě.
Deshalb brachte sie eine ganze Auswahl an verschiedenen Speisen mit.
Takže přinesla celý výběr různého jídla.
Halbverfaultes Gemüse, Knochen vom Abendessen.
Napůl shnilá zelenina, kosti z večeře.
Die eingedickte Soße von der anderen Mahlzeit, die sie gegessen hatten.
Ztuhlá omáčka z předchozího jídla, které snědli.
Ein paar Rosinen, einige Mandeln, trockenes Brot, Butterbrot.
Pár rozinek, trochu mandlí, suchý chléb, máslový chléb.
Etwas Brot, das mit Butter bestrichen und gesalzen war.
Trochu chleba, který byl namazaný máslem a také osolený.
Käse, den Gregor vor zwei Tagen noch für ungenießbar erklärt hatte.
Sýr, který Gregor před dvěma dny prohlásil za nepoživatelný.
Die gesamte Auswahl an Speisen wurde auf einer Zeitung ausgelegt.
Veškerý tento výběr jídla byl umístěn do novin.
Und sie stellte auch eine Schüssel mit Wasser neben seine Mahlzeiten.

A také mu k jídlu postavila misku s vodou.
Sie wusste, dass Gregor nicht vor ihr gegessen hätte.
Věděla, že by Gregor před ní nejedl.
Aus Respekt vor ihm verließ sie deshalb wieder den Raum.
Z úcty k němu tedy znovu odešla z místnosti.
Und sie hat beim Weggehen sogar den Schlüssel im Schloss umgedreht.
A dokonce otočila klíčem v zámku, když odcházela.
Aber sie drehte den Schlüssel ganz leise und vorsichtig um.
Ale otočila klíčem velmi tiše a opatrně.
Auf diese Weise würde nur Gregor wissen, dass die Tür verschlossen war.
Takhle by jen Gregor věděl, že jsou dveře zamčené.
Nun konnte er es sich so bequem machen, wie er wollte.
Teď se mohl usadit tak pohodlně, jak chtěl.
Gregors Beine surrten, als es Zeit zum Essen war.
Gregorovi se nohy třásly, když nastal čas jídla.
Bemerkenswert ist, dass er keinerlei Beschwerden mehr verspürte.
Za zmínku stojí, že už necítil žádné nepohodlí.
Seine Wunden müssen bereits vollständig verheilt sein.
Jeho rány se už musely úplně zahojit.
Weil er seine früheren Behinderungen nicht mehr spürte.
Protože už necítil své dřívější postižení.
Seine neue Fähigkeit zu heilen überraschte und verblüffte ihn.
Jeho nová schopnost léčit ho překvapila a ohromila.
Vor mehr als einem Monat schnitt er sich mit einem Messer in den Finger.
Před více než měsícem se řízl nožem do prstu.
Bis vor zwei Tagen schmerzte ihn diese Wunde noch.
Ještě před dvěma dny ho ta rána stále bolela.
„Bin ich jetzt viel weniger empfindlich?", dachte er bei sich.
„Jsem teď mnohem méně citlivý?" pomyslel si.
Inzwischen lutschte er gierig an dem Käse.
Tou dobou už chamtivě cucal sýr.

Er fühlte sich vom Käse mehr angezogen als von den anderen Speisen.

Víc než ostatní jídlo ho lákal sýr.

Er aß schnell ein Stück Käse nach dem anderen.

Rychle snědl jeden kousek sýra za druhým.

Beim Genuss des Geschmacks traten ihm vor Zufriedenheit die Tränen in die Augen.

Oči se mu slzily uspokojením z jeho chuti.

Nach dem Käse aß er das Gemüse und die Soße.

Po sýru snědl zeleninu a omáčku.

Das frische Essen schmeckte ihm jedoch nicht.

Čerstvé jídlo mu ale nechutnalo.

Tatsächlich konnte er nicht einmal den Geruch von frischen Lebensmitteln ertragen.

Vlastně ani nesnesl vůni čerstvého jídla.

Er hat sogar die anderen Lebensmittel von den frischen Lebensmitteln weggezerrt.

Dokonce i ostatní jídlo odtáhl od čerstvého jídla.

Und im Nu hatte er auch noch das Essbare aufgegessen.

A velmi rychle snědl i to nejpoživatelnější jídlo.

Das ganze leckere Essen hatte eine schläfrig machende Wirkung auf ihn.

Všechno to lahodné jídlo na něj mělo uspávací účinek.

Und er lag träge an der Stelle, wo er gegessen hatte.

A líně ležel na místě, kde jedl.

Schließlich kam seine Schwester zurück, um noch einmal nach ihm zu sehen.

Nakonec se ho jeho sestra vrátila, aby se na něj znovu podívala.

Sie hatte die Weitsicht, den Schlüssel ganz langsam umzudrehen.

Měla tu předvídavost, že otočila klíčem velmi pomalu.

Dies war für Gregor ein Warnsignal, sich zurückzuziehen.

To Gregora varovalo, že by se měl stáhnout.

Benommen und erschrocken huschte er zurück unter das Sofa.

Omámený a polekaný se spěchal zpátky pod pohovku.

Doch diesmal war es nicht so einfach, unter dem Sofa zu bleiben.

Ale zůstat pod pohovkou tentokrát nebylo tak snadné.

Sein Körper war durch das viele Essen etwas runder geworden.

Jeho tělo se od všeho toho jídla trochu zakulatilo.

Und er musste sich beherrschen, nicht wieder auszulaufen.

A musel se ovládat, aby znovu neutekl.

Auch wenn die Schwester nicht lange im Zimmer blieb.

I když sestra v pokoji dlouho nezůstala.

In dem engen Raum rang er nach Luft.

V tom úzkém prostoru se mu těžko dýchalo.

Doch er überwand die kurzen Anfälle von Atemnot.

Ale protlačil se i přes malé záchvaty dušení.

Mit aufgerissenen Augen beobachtete er die Aktivitäten der Schwester.

S vypoulenýma očima sledoval sestřino dělání.

Die ahnungslose Schwester schüttete alles in einen Eimer.

Nic netušící sestra všechno nalila do kbelíku.

Sie entsorgte nicht nur das Essen, das Gregor nicht gegessen hatte.

Nejenže se zbavila jídla, které Gregor nesnědl.

Aber sie entsorgte auch das Essen, das er nicht angerührt hatte.

Ale také zlikvidovala jídlo, kterého se nedotkl.

Offenbar war dieses Essen nun für niemanden mehr genießbar.

Zjevně to jídlo už nebylo pro nikoho k jídlu.

Anschließend verschloss sie den Futtereimer mit einem Holzdeckel.

Pak zavřela kbelík s jídlem dřevěným víkem.

Und mit dem Essen, dem Eimer und dem Wischmopp ging sie.

A s jídlem, kbelíkem a mopem odešla.

Gregor hätte nicht mehr lange warten können.

Gregor by už nemohl dlouho čekat.

Sobald sie weg war, entkam er unter dem Sofa hervor.

Jakmile odešla, utekl zpod pohovky.

Und er streckte sich aus und atmete erleichtert auf.

A protáhl se a úlevou si oddechl.

So erhielt Gregor von nun an regelmäßig seine Nahrung.

Takhle Gregor odteď dostával jídlo.

Seine Schwester gab ihm einmal früh am Morgen etwas zu essen.

Jeho sestra mu jednou brzy ráno dala jídlo.

Zu dieser Stunde schliefen die Eltern und das Dienstmädchen noch.

V tuto hodinu rodiče a služebná ještě spali.

Und er erhielt eine zweite Mahlzeit, nachdem alle anderen bereits zu Mittag gegessen hatten.

A druhé jídlo dostal poté, co všichni obědvali.

Denn zu dieser Zeit schliefen die Eltern auch eine Weile.

Protože v té době si i rodiče chvíli pospali.

Und das Dienstmädchen wurde von der Schwester mit einer Besorgung weggeschickt.

A služebnou poslala sestra pryč s nějakou pochůzkou.

Sie hatten ganz sicher nicht die Absicht, Gregor verhungern zu lassen.

Rozhodně neměli v úmyslu Gregora nechat vyhladovět.

Aber sie hätten ihm auch nicht beim Essen zusehen wollen.

Ale ani by se na něj při jídle dívat nechtěli.

Die Angaben der Schwester reichten als Information aus.

To, co sestra zmínila, bylo dostatečné množství informací.

Vielleicht war es ihre Art, den Eltern den Kummer zu ersparen.

Možná to byl její způsob, jak ušetřit rodičům zármutek.

Sie hatten unter seinen Taten schon genug gelitten.

Už tak si jeho činy vytrpěli dost.

Der erste Tag verblasste langsam zu einer fernen Erinnerung.

První den se pomalu stával vzdálenou vzpomínkou.

Gregor hatte keine Möglichkeit zu erfahren, was an diesem Tag geschah.

Gregor neměl jak vědět, co se ten den stalo.
Wie wurde der Schlüsseldienstmitarbeiter aus der Wohnung geleitet?
Jak byl zámečník vyveden z bytu?
Mit welchen Ausreden war der Arzt schließlich zufrieden?
S jakými výmluvami byl doktor nakonec spokojen?
Er hatte keinen Weg gefunden, sich verständlich zu machen.
Nenašel žádný způsob, jak se vyjádřit srozumitelně.
Es gelang ihm nicht einmal, mit seiner Schwester zu kommunizieren.
Ani se mu nepodařilo komunikovat se svou sestrou.
Und so dachten sie, er könne sie nicht verstehen.
A tak si mysleli, že jim nerozumí.
Und deshalb wurde auch kein Versuch unternommen, mit ihm zu sprechen.
A proto se s ním ani nepokusilo promluvit.
Seine Schwester kam jeden Morgen und jeden Mittag in sein Zimmer.
Jeho sestra chodila k němu do pokoje každé ráno a na oběd.
Doch er musste sich damit begnügen, ihre Seufzer zu hören.
Ale musel se spokojit s tím, že slyšel její vzdechy.
Später gewöhnte sie sich dann doch etwas mehr an Gregors Gestalt.
Později si na Gregorovu postavu trochu víc zvykla.
Und sie fühlte sich etwas freier, weitere Bemerkungen zu machen.
A cítila trochu více svobody, aby mohla učinit další poznámky.
(Obwohl sie sich nie ganz an ihn gewöhnen würde.)
(I když si na něj nikdy úplně nezvykne.)
Und dann fühlte sich Gregor wieder etwas mehr angesprochen.
A pak se Gregor cítil zase o něco víc promluvený.
Und er nahm wahr, was er als freundliche Kommentare empfand.
A zachytil to, co vnímal jako přátelské poznámky.

„Ihm hat das Essen heute geschmeckt" oder „Er hat alles aufgegessen".

„Dnes si jídlo užil," nebo „snědl všechno."

Das war aber erst der Fall, nachdem er sein gesamtes Essen aufgegessen hatte.

Ale to bylo až poté, co snědl všechno své jídlo.

Doch in letzter Zeit kam dies immer seltener vor.

Ale v poslední době se to stávalo čím dál méně často.

„Er hat sein Essen kaum angerührt", sagte sie jetzt immer öfter.

„Skoro se jídla nedotkl," říkala teď častěji.

Und jedes Mal schwang ein Hauch von Traurigkeit in ihrer Stimme mit.

A v jejím hlase byl pokaždé náznak smutku.

Gregor konnte keine anderen Nachrichten direkter empfangen.

Gregor nemohl slyšet žádné další zprávy přímočařeji.

Aber er hörte viele Neuigkeiten aus den angrenzenden Zimmern mit.

Ale zaslechl spoustu zpráv ze sousedních pokojů.

Als er Stimmen hörte, rannte er zur entsprechenden Tür.

Když uslyšel hlasy, běžel k odpovídajícím dveřím.

Und er presste seinen ganzen Körper gegen die Tür, um zu hören.

A celým tělem se přitiskl ke dveřím, aby slyšel.

Alle Gespräche drehten sich in irgendeiner Weise um ihn.

Všechny rozhovory se ho tak či onak týkaly.

Selbst wenn es scheinbar um etwas ganz anderes ging.

I když se zdálo, že téma se týká něčeho jiného.

Diese Beobachtung traf insbesondere in der Anfangszeit zu.

Toto pozorování platilo zejména v raných dobách.

Bei jeder Mahlzeit wiederholten sie die gleiche Diskussion.

Během každého jídla opakovali stejnou diskusi.

Sie waren sich noch immer unsicher, wie sie sich ihm gegenüber verhalten sollten.

Pořád si nebyli jistí, jak se v jeho přítomnosti chovat.

Das gleiche Thema wurde aber auch zwischen den Mahlzeiten besprochen.

Ale stejné téma se probíralo i mezi jídly.

Weil immer zwei Familienmitglieder zu Hause waren.

Protože doma byli vždy dva členové rodiny.

Niemand wollte allein im Haus bleiben.

Nikdo nechtěl zůstat doma sám.

Aber die Wohnung leer stehen zu lassen, kam auch nicht in Frage.

Ale nechat byt prázdný také nepřipadalo v úvahu.

Das Dienstmädchen war die Einzige, die nicht an die Wohnung gebunden war.

Služebná byla jediná, kdo nebyl vázán k bytu.

Sie hatte bereits am ersten Tag darum gebeten, gehen zu dürfen.

Už první den požádala o odchod.

Sie kniete nieder und flehte darum, entlassen zu werden.

Klekla si a prosila, aby ji propustili.

Die Familie wusste nicht, wie viel das Dienstmädchen tatsächlich wusste.

Rodina nevěděla, kolik toho služebná doopravdy ví.

Zu diesem Zeitpunkt hatte sie nicht mehr gesehen als alle anderen.

V té fázi neviděla víc než kdokoli jiný.

Was geschehen war, blieb der Familie weiterhin ein Rätsel.

Co se stalo, bylo pro rodinu stále záhadou.

Doch eine Viertelstunde später verabschiedete sie sich.

Ale o čtvrt hodiny později se rozloučila.

Und sie dankte der Familie mit Tränen in den Augen.

A se slzami v očích poděkovala rodině.

Aber eigentlich dankte sie ihnen dafür, dass sie sie freigelassen hatten.

Ale ve skutečnosti jim poděkovala za to, že ji propustili.

Sie schienen ihr größte Freundlichkeit entgegengebracht zu haben.

Zdálo se, že jí prokázali největší laskavost.

Sie leistete sogar einen Eid, ohne dazu aufgefordert worden zu sein.

Dokonce složila přísahu, aniž by o to byla požádána.

Sie sagte, sie würde niemandem erzählen, was passiert war.

Řekla, že nikomu neřekne, co se stalo.

Nun musste die Schwester zusammen mit ihrer Mutter kochen.

Teď musela sestra vařit společně s matkou.

Das war aber keine allzu große Unannehmlichkeit.

Ale tohle vlastně nebyla až tak velká nepříjemnost.

Weil die beiden sowieso fast nichts aßen.

Protože ti dva stejně skoro nic nejedli.

Immer und immer wieder hörte Gregor dasselbe Gespräch mit.

Gregor znovu a znovu zaslechl tentýž rozhovor.

Einer der beiden sagte dem anderen, er müsse mehr essen.

Jeden člověk říkal druhému, že musí víc jíst.

Diese Person erhielt jedoch keine Antwort von der betreffenden Person.

Ale dotyčná osoba od dané osoby nedostala žádnou odpověď.

„Danke, ich habe genug", oder etwas Ähnliches.

„Děkuji, mám toho dost" nebo něco podobného.

Vielleicht tranken sie auch gar nichts mehr.

Možná už taky nic nepili.

Die Schwester fragte ihren Vater oft, ob er Bier wolle.

Sestra se často ptala otce, jestli si dá pivo.

Und sie bot freundlicherweise an, das Bier selbst zu holen.

A vřele se nabídla, že pivo donese sama.

Der Vater schwieg auf ihre Bitte hin stets.

Otec na její žádost vždy mlčel.

Die Schwester musste also einen Weg finden, jeden Zweifel auszuräumen.

Sestra tedy musela najít způsob, jak odstranit jakékoli pochybnosti.

Und sie sagte, sie würde das Dienstmädchen losschicken, um Bier zu holen.

A řekla, že pošle služku pro pivo.

Doch dann sagte der Vater schließlich ein lautes, deutliches „Nein".

Ale pak otec konečně řekl velké, hlasité „ne".

Das Thema, dass er ein Bier trank, wurde danach nicht mehr erwähnt.

Pak se už téma o tom, že si dá pivo, nezmínilo.

Er hatte die finanzielle Situation bereits zuvor erläutert.

Finanční situaci už vysvětlil dříve.

Tatsächlich sprach er schon am ersten Tag über Finanzen.

Ve skutečnosti se o financích zmínil hned první den.

Er machte ihnen die Aussichten deutlich.

Dobře je upozornil na to, jaké jsou jejich vyhlídky.

Sein eigenes Unternehmen war vor etwa fünf Jahren zusammengebrochen.

Jeho vlastní podnikání zkrachovalo asi před pěti lety.

Hin und wieder stand er auf, um den Tisch zu verlassen.

Občas vstal, aby odešel od stolu.

Und er ging zur Kasse seines alten Geschäfts.

A šel k pokladně svého starého podniku.

Aus Sentimentalität hatte er die Kasse aufgehoben.

Pokladnu si uložil ze sentimentality.

Gregor hörte, wie er ein schweres und kompliziertes Schloss öffnete.

Gregor ho slyšel, jak odemyká těžký a složitý zámek.

Und er holte Quittungen und Bücher aus der Kasse.

A z pokladny vyndal účtenky a knihy.

Nachdem er die Gegenstände an sich genommen hatte, schloss er die Geldkassette wieder ab.

Poté, co si věci vzal, pokladnu znovu zamkl.

Gregor hatte seit seiner Gefangennahme keine guten Nachrichten mehr erhalten.

Gregor od svého uvěznění neslyšel žádné dobré zprávy.

Er glaubte, das Geschäft habe seinen Vater in den Ruin getrieben.

Myslel si, že podnikání přivedlo jeho otce k bankrotu.

Dieser Eindruck war Gregor vom Vater sicherlich vermittelt worden.

Otec v Gregorovi jistě zanechal takový dojem.
Und Gregor fragte ihn nie wieder nach den Finanzen.
A Gregor se ho už nikdy nezeptal na finance.
Gregor wollte alles tun, was er konnte, um der Familie zu helfen.
Gregor chtěl udělat vše, co bylo v jeho silách, aby rodině pomohl.
Er wollte ihnen helfen, das geschäftliche Unglück zu vergessen.
Chtěl jim pomoci zapomenout na obchodní neštěstí.
Der Bankrott, der zur völligen Hoffnungslosigkeit führte.
Bankrot, který přinesl naprostou beznaděj.
So begann er mit einer ganz besonderen Leidenschaft zu arbeiten.
a tak začal pracovat s velmi zvláštní vášní.
Er war quasi über Nacht zum Handelsreisenden geworden.
Téměř přes noc se z něj stal obchodní cestující.
Davor hatte er lediglich als schlecht bezahlter Angestellter gearbeitet.
Předtím pracoval jen jako nízkoplacený úředník.
Nun boten sich ihm völlig andere Verdienstmöglichkeiten.
Teď měl úplně jiné možnosti výdělku.
Erfolgreiche Verkäufe konnten sofort in Bargeld umgewandelt werden.
Úspěšné prodeje bylo možné okamžitě převést na hotovost.
Das Geld wird natürlich aus seinen Provisionen ausgezahlt.
Hotovost samozřejmě vyplácena z jeho provizí.
Nun konnte Gregor Geld auf den Familientisch bringen.
Teď si Gregor mohl dát peníze na rodinný stůl.
Und sie waren erstaunt und erfreut über seinen Verdienst.
A byli ohromeni a šťastni z jeho výdělku.
Aber diese schönen Zeiten werden sich nicht wiederholen.
Ale ty krásné časy se už nezopakují.
Sie hatten sich gerade erst an diese schönen Zeiten gewöhnt.
Teprve si zvykli na tyhle hezké časy.
Jeden Zahltag nahm die Familie das Geld dankbar entgegen.
Rodina vděčně přijímala peníze každou výplatu.

Und Gregor war ebenso gern bereit, das Geld
herauszugeben.
A Gregor peníze stejně rád předal.
Doch die im Gegenzug entgegengebrachte herzliche
Zuneigung erlosch allmählich.
Ale vřelá náklonnost projevovaná na oplátku pomalu umírala.
Nur seine Schwester stand Gregor noch so nahe wie zuvor.
Jen jeho sestra zůstala Gregorovi stejně blízká jako dříve.
Im Gegensatz zu Gregor hatte sie eine tiefe Wertschätzung
für Musik.
Na rozdíl od Gregora měla pro hudbu hluboké uznání.
Und sie konnte sehr berührend Geige spielen.
A uměla hrát na housle velmi dojemně.
Gregor plante insgeheim, sie auf eine Musikschule zu
schicken.
Gregor tajně plánoval, že ji pošle do hudební školy.
Er hatte noch nicht entschieden, wie er die Kosten decken
würde.
Ještě se nerozhodl, jak uhradí výdaje.
Aber irgendwie würde er die Kosten decken.
Ale nějakým způsobem náklady pokryje.
Gelegentlich unternahmen Gregor und seine Familie
Kurztrips.
Gregor a rodina občas jezdili na krátké výlety.
Gregor und seine Schwester sprachen oft über dieses
Thema.
Gregor a sestra toto téma často nadnášeli.
Es wurde aber immer nur als eine wunderbare Idee erwähnt.
Ale zmíněno to bylo jen jako skvělý nápad.
Sie glaubten nicht wirklich, dass der Traum in Erfüllung
gehen könnte.
Opravdu nevěřili, že se sen může uskutečnit.
Und den Eltern gefielen solche fantasievollen Ambitionen
nicht.
A rodičům se takové fantastické ambice nelíbily.
Selbst wenn das Thema ganz harmlos angesprochen wurde.
I když bylo téma nadneseno velmi nevinně.

Gregor dachte aber weiterhin an die Musikschule.

Gregor ale dál přemýšlel o hudební škole.

Und er hatte vor, das Geschenk am Heiligabend anzukündigen.

A plánoval oznámit dárek na Štědrý den.

In seinem jetzigen Zustand wäre das natürlich unmöglich.

V jeho současném stavu by to samozřejmě bylo nemožné.

Doch solche Gedanken gingen ihm durch den Kopf.

Ale hlavou mu probíhaly takové myšlenky.

Und solche Gedanken kamen ihm, während er der Familie zuhörte.

A takové myšlenky měl, když naslouchal rodině.

Manchmal war er zu müde, um ihnen weiter zuzuhören.

Občas byl příliš unavený, než aby je poslouchal dál.

Vor Erschöpfung sank sein Kopf gegen die Tür.

Únavou mu hlava spadla na dveře.

Doch er legte sofort wieder seinen Kopf gegen die Tür.

Ale hned zase opřel hlavu o dveře.

Denn selbst das leiseste Geräusch war draußen zu hören.

Protože i sebemenší hluk byl slyšet venku.

Und jedes Geräusch, das er machte, brachte die Familie zum Schweigen.

A jakýkoli hluk, který vydal, umlčel rodinu.

„Was macht er denn jetzt?", fragte der Vater die Familie.

„Co teď dělá?" zeptal se otec rodiny.

Und er ging zur Tür, um nachzusehen, was das Geräusch verursachte.

A šel ke dveřím, aby se podíval, co je to za hluk.

Und dann wurde das unterbrochene Gespräch allmählich wieder aufgenommen.

A pak se přerušený rozhovor postupně obnovil.

Was der Vater aber sagte, überraschte alle auf positive Weise.

Ale to, co otec řekl, všechny pozitivně překvapilo.

Gregor erfuhr nun den wahren Stand der Finanzen.

Gregor se nyní dozvěděl skutečný stav financí.

Trotz all des Unglücks gab es auch etwas Glück.

Navzdory všem neštěstím se přeneslo i štěstí.
Ein kleines Vermögen aus alten Zeiten war noch vorhanden.
Stále tam bylo velmi malé jmění ze starých časů.
Der Vater erklärte die Dinge, musste sich aber wiederholen.
Otec sice věci vysvětlil, ale musel to opakovat.
Weil er sich eine Weile nicht mehr mit diesen Dingen befasst hatte.
Protože se těmito věcmi už nějakou dobu nezabýval.
Und weil die Mutter solche Dinge nicht verstand.
A protože matka takovým věcem nerozuměla.
Die Zinssätze der Bank waren etwas gestiegen.
Úrokové sazby v bance se trochu zvýšily.
Das unberührte Geld hatte sich stärker erhöht als erwartet.
Nedotčené peníze vzrostly více, než se očekávalo.
Darüber hinaus hatte Gregor ihnen immer seine Ersparnisse gegeben.
Kromě toho jim Gregor vždycky dával své úspory.
Er hatte nur wenige Gulden für sich behalten.
Pro sebe si vždycky nechal jen pár guldenů.
Und sein Geld war auch noch nicht vollständig aufgebraucht.
A jeho peníze také nebyly úplně spotřebovány.
Zusammen hatte sich dieses Geld zu einem kleinen Kapital angesammelt.
Dohromady se tyto peníze nashromáždily do malého kapitálu.
Gregor nickte hinter seiner Tür eifrig zu der Nachricht.
Gregor, stojací za dveřmi, dychtivě přikývl na zprávu.
Er war erfreut über diese unerwartete Vorsicht und Sparsamkeit.
Potěšila ho tato nečekaná opatrnost a šetrnost.
Die überschüssigen Mittel hätten zur Tilgung der Schulden verwendet werden können.
Přebytečné finanční prostředky mohly být použity na splacení dluhu.
Dann hätten sie dem Chef nichts mehr geschuldet.
Pak by už šéfovi nic nedlužili.

Und Gregor hätte schon viel früher eine neue Stelle annehmen können.

A Gregor se mohl přestěhovat do nové práce mnohem dříve.

Aber so, wie der Vater es arrangiert hatte, war es jetzt viel besser.

Ale jak to otec zařídil, bylo teď mnohem lepší.

Das Geld reichte nicht ganz zum Leben von den Zinsen.

Peníze nestačily ani na to, aby se dalo žít z úroků.

Und ein Teil des Geldes musste für Notfälle zurückgelegt werden.

A musely se odkládat nějaké peníze na nouzové situace.

Das Geld hätte nur für ein oder zwei Jahre gereicht.

Peníze by vystačily jen na rok nebo dva.

Das bedeutete, dass jemand Geld verdienen musste, damit sie leben konnten.

To znamenalo, že někdo musel vydělávat peníze na jejich živobytí.

Der Vater war nicht krank und er war stark genug.

Otec nebyl nezdravý a byl dostatečně silný.

Doch er war seit mehr als fünf Jahren arbeitslos.

Ale byl už více než pět let bez práce.

Und aufgrund seines Alters hatte er kaum noch Selbstvertrauen.

A vzhledem k jeho věku mu zbývalo jen pramálo sebevědomí.

Er hatte in letzter Zeit auch deutlich an Gewicht zugenommen.

Také v poslední době hodně přibral.

Sein Leben war stets mühsam und erfolglos gewesen.

Jeho život byl vždycky namáhavý a neúspěšný.

Und dies war der erste Urlaub, den er je verbracht hatte.

A tohle byla jeho první dovolená v životě.

Und da er nicht beschäftigt war, war er ziemlich ungeschickt geworden.

A bez zaneprázdnění se stal docela nemotorným.

Wäre es besser, wenn die alte Mutter das Geld verdienen würde?

Bylo by lepší, kdyby si ty peníze vydělala stará matka?

Die alte Mutter, die an Asthma litt.
Stará matka, která trpěla astmatem.
Die alte Mutter, die Mühe hatte, die Treppe hinaufzugehen.
Stará matka, která se s obtížemi vyšlapala po schodech.
Die alte Mutter, die ihre Zeit damit verbrachte, auf dem Sofa zu liegen.
Stará matka, která trávila čas leháním na pohovce.
Die alte Mutter, die es vorzog, am Fenster zu sitzen.
Stará matka, která raději zůstávala u okna.
Damit sie bei Bedarf durchatmen konnte.
Aby mohla popadnout dech, když potřebovala.
Wäre es besser, wenn die jüngere Schwester das Geld verdienen würde?
Bylo by lepší, kdyby si peníze vydělala mladší sestra?
Die Schwester, die mit siebzehn Jahren noch ein Kind war.
Sestra, která byla v sedmnácti letech stále ještě jen dítě.
Die Schwester, die nur wenige, bescheidene Freuden hatte.
Sestra, která měla jen pár skromných radostí.
Die Schwester, die am liebsten Geige spielte.
Sestra, která se hlavně věnovala hře na housle.
Sie wusste, dass ihr bisheriger Lebensstil sehr beneidenswert war;
Věděla, že její předchozí způsob života byl velmi záviděníhodný;
Sich schick anziehen, ausschlafen, im Haushalt helfen.
Hezky se oblékat, vstávat pozdě, pomáhat v domácnosti.
Das Gespräch drehte sich oft um die Notwendigkeit, Geld zu verdienen.
Konverzace se často stočila k potřebě vydělat peníze.
Gregor war immer der Erste, der die Tür losließ.
Gregor vždycky pustil dveře první.
Das Gespräch erfüllte ihn mit Scham und Trauer.
Rozhovor ho rozpálil studem a zármutkem.
Also warf er sich auf das kühle Ledersofa.
Vrhl se tedy na chladnoucí koženou pohovku.
Und den Rest der Nacht verbrachte er oft auf dem Sofa.
A zbytek noci často trávil na pohovce.

Er hat nie wirklich auf dem Sofa geschlafen, auch nicht nachts.
Nikdy doopravdy nespal na pohovce, ani v noci.
Oft kratzte er stundenlang an dem Leder.
Často jen celé hodiny škrábal kůži.
Manchmal schob er den Sessel ans Fenster.
Jindy zase přisunul křeslo k oknu.
Allein dies erforderte von seiner Seite einen erheblichen Aufwand.
Už jen to od něj vyžadovalo velké úsilí.
Der Sessel half ihm, auf die Fensterbank zu klettern.
Křeslo mu pomohlo vylézt na okenní parapet.
Und von dort aus konnte er sich ans Fenster lehnen.
A odtud se mohl opřít o okno.
Er empfand dabei stets ein großes Gefühl der Freiheit.
Při tom cítil velký pocit svobody.
Vielleicht suchte er nach einem alten, befreienden Gefühl.
Možná hledal nějaký starý osvobozující pocit.
Doch seine Sehkraft war nicht mehr so scharf wie früher.
Ale jeho zrak už nebyl tak ostrý jako dřív.
Dinge in geringer Entfernung waren verschwommen und undeutlich.
Věci v malé vzdálenosti byly rozmazané a nezřetelné.
Er konnte das Krankenhaus auf der anderen Straßenseite nicht mehr sehen.
Už neviděl nemocnici naproti přes ulici.
Vorher hatte er den Anblick verflucht, jetzt wollte er ihn sehen.
Dříve ten výhled proklínal, teď ho chtěl vidět.
Er wusste, dass er in der ruhigen, städtischen Charlottenstraße wohnte.
Věděl, že bydlí v tiché městské Charlottenstrasse.
Aber vielleicht dachte er, er blicke in die Wüste.
Ale mohl si myslet, že se dívá do pouště.
Eine Ödnis, wo grauer Himmel und graue Erde verschmolzen.
Pustina, kde se šedá obloha slévala s šedou zemí.

Zweimal bemerkte die aufmerksame Schwester, dass der Stuhl verschoben worden war.

Pozorná sestra si dvakrát všimla, že se židle pohnula.

Nachdem sie aufgeräumt hatte, schob sie den Stuhl zurück ans Fenster.

Poté, co uklidila, přisunula židli zpět k oknu.

Und von nun an ließ sie sogar den Fensterflügel offen.

A odteď dokonce nechávala otevřené okenní křídlo.

Gregor wünschte sich sehr, er hätte mit seiner Schwester sprechen können.

Gregor si opravdu přál, aby si mohl promluvit se svou sestrou.

Er wollte ihr für alles danken, was sie für ihn getan hatte.

Chtěl jí poděkovat za všechno, co pro něj udělala.

Dann hätte er ihre Dienste leichter toleriert.

Pak by jejich služby snášel snáze.

Doch so wie die Dinge standen, litt er darunter, dass sie ihm half.

Ale takhle to, že se věci měly, trpěl tím, že mu pomáhala.

Die Schwester versuchte natürlich, die Peinlichkeit zu überspielen.

Sestra se samozřejmě snažila zahladit rozpaky.

Und sie tat ihr Bestes, so zu tun, als ob sie sich nicht belastet fühlte.

A ze všech sil se snažila předstírat, že se necítí zatížená.

Natürlich musste sie das erst einmal üben.

Tohle si samozřejmě musela nejdřív nacvičit.

Und je mehr Zeit verging, desto besser wurde sie darin.

A čím více času plynul, tím lépe se jí to dařilo.

Gregor erhielt jedoch auch mehr Zeit, um ihr Täuschungsmanöver zu durchschauen.

Gregorovi ale byl také dán více času, aby si prohlédl její přetvářku.

Schon das Betreten seines Zimmers durch sie war für ihn eine Tortur.

I její vstup do jeho pokoje pro něj byl utrpením.

Kaum war sie eingetreten, rannte sie direkt zum Fenster.

Jakmile vešla, běžela rovnou k oknu.

Sie nahm sich nicht einmal die Zeit, die Tür zu schließen.

Ani si nenašla čas zavřít dveře.

Normalerweise ersparte sie allen den Anblick von Gregors Zimmer.

Obvykle všem ušetřila pohledu na Gregorův pokoj.

Und mit hastigen Händen riss sie das Fenster auf.

A spěšnýma rukama prudce otevřela okno.

Dann atmete sie wieder, als ob sie erstickt wäre.

Pak znovu dýchala, jako by se dusila.

Die einströmende Luft war kalt, und sie atmete tief durch.

Vzduch, který vstupoval dovnitř, byl studený a ona se zhluboka nadechla.

Dennoch blieb sie noch eine Weile am Fenster stehen.

Přesto ale chvíli zůstala u okna.

Mit dieser Routine ängstigte sie Gregor zweimal täglich.

Touto rutinou děsila Gregora dvakrát denně.

Während sie im Zimmer war, zitterte er unter dem Sofa.

Zatímco byla v pokoji, on se třásl pod pohovkou.

Er wusste, dass sie ihm diese Tortur gern erspart hätte.

Věděl, že by ho ráda té těžkosti ušetřila.

Aber sie konnte nicht in dem Zimmer sein, wenn das Fenster geschlossen war.

Ale nemohla být v pokoji se zavřeným oknem.

Einmal kam sie etwas früher.

Jednou přišla o něco dříve.

Vermutlich etwa einen Monat nach Gregors Verwandlung.

Pravděpodobně asi měsíc po Gregorově proměně.

Sie hatte sich ein wenig an sein neues Aussehen gewöhnt.

Už si trochu zvykla na jeho nový vzhled.

Sie hatte also keinen Grund mehr, besonders schockiert zu sein.

Takže už neměla důvod k žádnému zvláštnímu šoku.

Sie fand ihn immer noch regungslos aus dem Fenster starrend vor.

Našla ho, jak stále nehybně zírá z okna.

Er befand sich am schrecklichsten Ort, an dem er hätte sein können.

Byl na tom nejhorším místě, kde mohl být.

Er wäre nicht überrascht gewesen, wenn sie nicht hereingekommen wäre.

Nebyl by překvapen, kdyby nepřišla.

Er hinderte sie daran, das Fenster zu öffnen.

Kde jí zabránil otevřít okno.

Sie verließ schnell wieder das Zimmer und schloss die Tür.

Rychle znovu opustila místnost a zavřela dveře.

Ein Fremder hätte zu allen möglichen Schlussfolgerungen gelangen können.

Cizinec mohl dojít k nejrůznějším závěrům.

Vielleicht wartete er nur auf die Gelegenheit, sie zu beißen.

Možná jen čekal na příležitost ji kousnout.

Gregor versteckte sich natürlich sofort unter dem Sofa.

Gregor se samozřejmě okamžitě schoval pod pohovku.

Doch er musste bis Mittag warten, bis seine Schwester zurückkehrte.

Ale musel čekat do poledne, než se jeho sestra vrátila.

Und sie wirkte viel unruhiger als sonst.

A zdála se být mnohem neklidnější než obvykle.

Ihm wurde klar, dass der Anblick von ihm immer noch unerträglich war.

Uvědomil si, že pohled na něj je stále nesnesitelný.

Der Anblick von ihm würde für sie weiterhin unerträglich bleiben.

Pohled na něj pro ni bude i nadále nesnesitelný.

Sie konnte es wahrscheinlich nicht ertragen, auch nur einen Teil von ihm zu sehen.

Pravděpodobně by nesnesla pohled na jakoukoli jeho část.

Ein kleines Teil ragte immer unter dem Sofa hervor.

Zpod pohovky vždycky vyčnívala malá část.

Eines Tages trug er ein Bettlaken auf dem Rücken zum Sofa.

Jednoho dne si na zádech přinesl k pohovce prostěradlo.

Er wollte verhindern, dass sie irgendetwas von ihm sah.

Chtěl ji ušetřit toho, aby viděla jakoukoli část jeho bytosti.

Er richtete das Bettlaken so aus, dass er vollständig verdeckt war.

Upravil prostěradlo tak, aby byl celý skrytý.

Selbst wenn sie sich bückte, könnte sie ihn nicht sehen.

I kdyby se sklonila, neuviděla by ho.

Für Gregor dauerte die gesamte Arbeit mehr als drei Stunden.

Celá práce trvala Gregorovi více než tři hodiny.

Möglicherweise hielt sie das Bettlaken für überflüssig.

Možná si myslela, že prostěradlo je zbytečné.

Sie hätte gewusst, dass er das Bettlaken nicht wollte.

Věděla by, že prostěradlo nechce.

Er tat es zu ihrem Wohlbefinden und nicht für sich selbst.

Dělal to pro její pohodlí, ne pro sebe.

Und sie hätte das Bettlaken abnehmen können, wenn sie gewollt hätte.

A mohla si prostěradlo sundat, kdyby chtěla.

Aber sie ließ das Bettlaken dort, wo Gregor es hingelegt hatte.

Ale prostěradlo nechala tam, kde ho Gregor položil.

Und Gregor glaubte sogar, einen dankbaren Blick erhascht zu haben.

A Gregor si dokonce myslel, že zachytil vděčný pohled.

Er hatte das Bettlaken vorsichtig mit dem Kopf angehoben.

Jemně hlavou zvedl prostěradlo.

Er wollte herausfinden, ob seiner Schwester die Vereinbarung gefiel.

Chtěl zjistit, jestli se jeho sestře to uspořádání líbí.

Die ersten zwei Wochen waren für die Eltern am schwierigsten.

První dva týdny byly pro rodiče nejtěžší.

Sie brachten es nicht übers Herz, hereinzukommen und ihn zu sehen.

Nedokázali se přimět, aby vešli dovnitř a viděli ho.

Er belauschte in dieser Zeit viele ihrer Gespräche.

V této době zaslechl mnoho jejich rozhovorů.

Sie nahmen alles, was die Schwester tat, voll und ganz zur Kenntnis.

Plně uznávali všechno, co sestra dělala.

Auch wenn sie früher oft verärgert über sie waren.

I když na ni dříve často působili naštvaně.

Weil sie ein ziemlich nutzloses Mädchen gewesen zu sein schien.

Protože se zdála být poněkud neschopnou holkou.

Nun warteten sie auf der anderen Seite des Raumes.

Teď to byli oni, kdo čekal na druhé straně místnosti.

Und sie war es, die den Raum betrat, um alles zu erledigen.

A byla to ona, kdo šel do místnosti dělat všechno.

Sobald sie herauskam, wollten sie alles wissen.

Jakmile vyšla ven, chtěli vědět všechno.

Sie musste ihnen genau beschreiben, wie das Zimmer aussah.

Musela jim přesně říct, jak ten pokoj vypadá.

„Was hat Gregor gegessen? Wie hat er sich diesmal verhalten?"

„Co Gregor snědl? Jak se tentokrát choval?"

„War vielleicht eine leichte Verbesserung zu bemerken?"

"Bylo snad patrné nějaké mírné zlepšení?"

Die Mutter war übrigens tatsächlich mutiger.

Mimochodem, matka byla ve skutečnosti odvážnější.

Und natürlich war es ihr eigener Sohn im Zimmer.

A samozřejmě v místnosti byl její vlastní syn.

Sie wollte Gregor eigentlich schon bald besuchen.

Ve skutečnosti chtěla Gregora navštívit relativně brzy.

Doch der Vater und die Schwester hielten sie zunächst zurück.

Ale otec a sestra ji zpočátku brzdili.

Sie brachten sehr rationale Argumente dafür vor, dass sie nicht gehen sollte.

Uváděli velmi racionální argumenty, aby nešla.

Gregor hörte ihren Argumenten sehr aufmerksam zu.

Gregor velmi pozorně naslouchal jejich argumentaci.

Und er akzeptierte die Argumentation genauso wie seine Mutter.

A on tuto logiku přijal stejně jako jeho matka.

Später musste sie jedoch mit Gewalt zurückgehalten werden.

Později ji však museli zadržet násilím.

"Lasst mich zu Gregor hinein, er ist mein unglücklicher Sohn!"

„Pusťte mě dovnitř k Gregorovi, je to můj nešťastný syn!“

"Verstehst du denn nicht, dass ich ihn aufsuchen muss?"

„Nechápeš, že za ním musím jít?“

Gregor ließ sich ebenfalls von den Argumenten seiner Mutter überzeugen.

Gregora přesvědčily i matčiny argumenty.

Vielleicht hatte sie recht; es wäre gut, wenn sie hereinkäme.

Možná měla pravdu; bylo by dobré, kdyby přišla.

Ihn jeden Tag zu besuchen, wäre viel zu viel.

Chodit za ním každý den by bylo příliš mnoho.

Aber ihn vielleicht einmal pro Woche zu sehen, könnte genügen.

Ale vídat ho třeba jednou týdně by mohlo stačit.

Sie versteht die Dinge vielleicht viel besser als die Schwester.

Možná tomu rozumí mnohem lépe než ta sestra.

Trotz all ihres Mutes war sie doch nur ein Kind.

Přes veškerou svou odvahu byla stále jen dítě.

Vielleicht war es kindliche Unbekümmertheit, die sie dazu veranlasste, diese Aufgabe anzunehmen.

Možná ji k tomuto úkolu přiměla dětská bezohlednost.

Doch Gregors Wunsch, seine Mutter wiederzusehen, ging bald in Erfüllung.

Ale Gregorovo přání vidět svou matku se brzy splnilo.

Tagsüber hielt sich Gregor vom Fenster fern.

Přes den se Gregor držel dál od okna.

Dies tat er aus Rücksicht auf seine Eltern.

Udělal to z ohleduplnosti ke svým rodičům.

Er hatte nicht viel Platz, um auf dem Boden herumzukriechen.

Neměl moc místa na plazení po podlaze.

Es fiel ihm schwer, nachts still zu liegen.

V noci se mu těžko leželo v klidu.

Das Essen bereitete ihm nicht einmal mehr die geringste Freude.

Jídlo mu už nepřinášelo sebemenší potěšení.

Natürlich musste er sich irgendwie ablenken.

Samozřejmě si musel najít nějaký způsob, jak se rozptýlit.

Um sich die Zeit zu vertreiben, kletterte er die Wände rauf und runter.

Aby se pobavil, lezl nahoru a dolů po zdech.

Und er kroch auch kopfüber an der Decke entlang.

A také se plazil po stropě, vzhůru nohama.

Besonders glücklich war er, als er von der Decke hing.

Obzvlášť šťastný byl, když visel ze stropu.

Es war etwas völlig anderes, als auf dem Boden zu liegen.

Bylo to úplně jiné než ležet na podlaze.

In dieser Position fiel ihm das Atmen deutlich leichter.

V této poloze se mu mnohem lépe dýchalo.

Ein leichtes, aber angenehmes Kribbeln durchfuhr seinen Körper.

Jeho tělem proběhla lehká, ale příjemná vibrace.

Manchmal gab er sich seinem Glück sogar zu sehr hin.

Někdy se až příliš uvolnil ve svém štěstí.

Manchmal ließ er sich ablenken und ließ die Decke los.

Někdy se nechal rozptýlit a pustil strop.

Und zu seiner eigenen Überraschung landete er wieder auf dem Boden.

A k jeho vlastnímu překvapení přistál zpět na zemi.

Aber er hatte seinen Körper deutlich besser unter Kontrolle als zuvor.

Ale měl mnohem lepší kontrolu nad svým tělem než dříve.

So verletzte er sich nun nicht mehr bei so heftigen Stürzen.

Takže se teď při takových velkých pádech nezranil.

Die Schwester bemerkte sofort Gregors neue Freude.

Sestra si Gregorova nového potěšení okamžitě všimla.

Und dort, wo er gekrochen war, waren Klebstoffreste zu sehen.

A tam, kde lezl, byly stopy lepidla.

Auch hier dachte die Schwester an Gregors Wohlbefinden.

I zde sestra přemýšlela o Gregorově zdraví.

Vielleicht würde er mehr Platz zum Herumkriechen begrüßen.

Možná by ocenil víc prostoru na plazení.

Und der Gedanke hatte sich fest in ihrem Kopf verankert.

A ta myšlenka se jí pevně usadila v hlavě.

Einige der großen Möbelstücke behinderten seine Bewegungsfreiheit.

Některý z velkých kusů nábytku mu bránil ve volném pohybu.

Da er nicht mehr arbeitete, brauchte er den Schreibtisch nicht mehr.

Už nepracoval, takže stůl nepotřeboval.

Und die Schachtel nahm auch mehr Platz ein als nötig. ***

A krabice zabírala víc místa, než bylo potřeba. ***

Die Schwester war nicht in der Lage, diese Dinge allein zu bewegen.

Sestra nebyla schopná tyto věci sama přemístit.

Natürlich wagte sie es nicht, den Vater um Hilfe zu bitten.

Samozřejmě se neodvážila požádat otce o pomoc.

Das Dienstmädchen hätte ihr sicherlich auch nicht geholfen.

Služebná by jí taky jistě nepomohla.

Das neue Dienstmädchen war tatsächlich ein Jahr jünger als sie.

Nová služebná byla ve skutečnosti o rok mladší než ona.

Sie hatte mutig die Rolle der ehemaligen Magd übernommen.

Statečně se ujala role bývalé služebné.

Doch ein Privileg wollte sie unbedingt haben.

Ale trvala na jedné výsadě.

Sie wollte die Küche stets verschlossen halten.

Chtěla mít kuchyň pořád zamčenou.

Daher blieb der Schwester nichts anderes übrig, als ihre Mutter zu fragen.

Sestra tedy neměla jinou možnost, než se zeptat své matky.

Unter Freudenschreien kam die Mutter herbei, um zu helfen.

S výkřiky nadšené radosti přiběhla matka na pomoc.

Doch an der Tür zu Gregors Zimmer verstummte sie.

Ale u dveří do Gregorova pokoje ztichla.

Die Schwester überprüfte, ob im Zimmer alles in Ordnung war.

Sestra zkontrolovala, jestli je v pokoji všechno v pořádku.

Gregor hatte das Bettlaken hastig noch straffer gezogen.

Gregor spěšně přitáhl prostěradlo ještě pevněji.

Obwohl das Bettlaken immer noch willkürlich angeordnet aussah.

I když prostěradlo stále vypadalo neuspořádané.

Erst dann ließ sie ihre Mutter ins Zimmer.

A teprve potom pustila matku do pokoje.

Gregor verzichtete auch darauf, unter dem Laken hervorzuspähen.

Gregor se také zdržel špehování zpod prostěradla.

Er beschloss, diesmal auf einen Besuch bei seiner Mutter zu verzichten.

Rozhodl se, že se tentokrát s matkou nesetká.

Gregor war schon froh genug, dass sie überhaupt gekommen war.

Gregor byl docela rád, že vůbec přišla.

„Komm herein, du kannst ihn nicht sehen", sagte die Schwester.

„Pojďte dál, nevidíte ho," řekla sestra.

Gregor nahm an, dass sie ihre Mutter an der Hand führte.

Gregor předpokládal, že vede matku za ruku.

Dann hörte er, wie die beiden schwachen Frauen die Möbel verrückten.

Pak uslyšel, jak dvě slabé ženy přemisťují nábytek.

Die Schwester schien den größten Teil der Arbeit für sich zu beanspruchen.

Zdálo se, že si sestra nárokuje většinu práce pro sebe.

Ihre Mutter befürchtete, sie würde sich überanstrengen.

Její matka se bála, že se přepracuje.

Doch die Schwester schenkte diesen Warnungen keine Beachtung.

Sestra však těmto varováním nevěnovala pozornost.

Doch auch nach fünfzehn Minuten ging es nur sehr langsam voran.

Ale i po patnácti minutách byl pokrok velmi pomalý.

Es war ihnen nicht gelungen, die Möbel weit zu bewegen.

Nepodařilo se jim nábytek odsunout moc daleko.

Langsam beschlich sie ein Gefühl der Niederlage.

Pomalu začínali pociťovat pocit porážky.

Die Mutter war die Erste, die die Sinnlosigkeit eingestand.

Matka byla první, kdo přiznal marnost.

"Vielleicht wäre es besser, die Schachtel hier zu lassen."

„Možná by bylo lepší nechat tu krabici tady.“

„Die Kiste ist zu schwer, als dass wir sie noch viel weiter bewegen könnten.“

„Krabice je na to, abychom se s ní mohli posunout o moc dál.“

„Und wir werden nicht fertig sein, bevor dein Vater eintrifft.“

„A neskončíme, než přijede tvůj otec.“

„Wenn wir die Kiste hier lassen würden, würde das seinen Weg nur noch mehr versperren.“

„Kdyby tu krabici nechal tady, zablokovalo by mu to cestu ještě víc.“

Und können wir sicher sein, dass wir ihm damit einen Gefallen tun?

„A můžeme si být jisti, že mu tím prokazujeme laskavost?“

Sie begannen zu glauben, dass das Gegenteil durchaus der Fall sein könnte.

Začali si myslet, že opak by mohl být pravdou.

Der Anblick der leeren Wand lastete schwer auf ihrem Herzen.

Pohled na prázdnou zeď ji těžce zatížil srdce.

Was spricht dagegen, dass Gregor das auch so empfinden
würde?
Co říkáš, že by se Gregor taky necítil?
„Er hat sich bereits an die Möbel in seinem Zimmer
gewöhnt."
"Už si zvykl na nábytek ve svém pokoji."
„In einem leeren Zimmer könnte er sich noch verlassener
fühlen."
„V prázdném pokoji by se mohl cítit ještě opuštěněji."
Ihre Stimme war inzwischen fast zu einem Flüstern
gesunken.
Její hlas se mezitím téměř ztišil do šepotu.
Sie wusste tatsächlich nicht, wo sich Gregor genau aufhielt.
Ve skutečnosti nevěděla, kde se Gregor přesně nachází.
Sie wollte nicht einmal, dass er ihre Stimme hörte.
Nechtěla, aby slyšel ani zvuk jejího hlasu.
Obwohl sie sich sicher war, dass er sie nicht verstand.
I když si byla jistá, že jí nerozumí.
„Würde es nicht so aussehen, als hätten wir ihn völlig
aufgegeben?"
„Nevypadá to, jako bychom se na něj úplně vzdali?"
"Wird er nicht das Gefühl haben, dass wir ihn mit der
Situation allein lassen?"
„Nebude mít pocit, že ho necháváme, aby se s tím vyrovnal
sám?"
„Wir sollten den Raum genau so verlassen, wie er war."
„Měli bychom nechat pokoj přesně takový, jaký byl."
„Irgendwann wird Gregor zu uns zurückkehren, so wie er
war."
„Gregor se k nám nakonec vrátí takový, jaký byl."
„Dann wird er feststellen, dass alles noch an seinem Platz
ist."
„Pak zjistí, že všechno je stále na svém místě."
„Und er wird die Übergangszeit viel leichter vergessen."
„A na přechodné období zapomene mnohem snáze."
Als Gregor diese Worte hörte, begriff er etwas.
Když Gregor uslyšel tato slova, uvědomil si něco.

Sein Verstand war in den letzten zwei Monaten verwirrt worden.

Během posledních dvou měsíců měl zmatené myšlenky.

Der Mangel an menschlicher Interaktion hatte ihm nicht gutgetan.

Nedostatek lidské interakce mu neprospěl.

Er brauchte das eintönige Leben im Kreise seiner Familie wirklich.

Opravdu potřeboval monotónní život uprostřed své rodiny.

Warum sonst hätte er eine solch unsinnige Forderung gestellt?

Proč by jinak vznášel tak nesmyslný požadavek?

Welchen Sinn sollte es denn haben, sein Zimmer zu räumen?

Jaký smysl mělo vyprazdňování jeho pokoje?

Das gemütliche Zimmer war mit geerbten Möbeln eingerichtet.

Pohodlný pokoj zařízený zděděným nábytkem.

Warum sollte er diese bekannte Wärme in eine Höhle verwandeln wollen?

Proč by chtěl proměnit toto známé teplo v jeskyni?

Eine Höhle, in der er ungestört in alle Richtungen kriechen konnte.

Jeskyně, kde by se mohl v klidu plazit všemi směry.

Doch in einer Höhle vergaß er rasch seine menschliche Vergangenheit.

Ale jeskyně, ve které rychle zapomněl na svou lidskou minulost.

Er fragte sich, ob er schon kurz davor war, alles zu vergessen.

Musel se zamyslet, jestli už skoro nezapomíná.

Die Stimme seiner Mutter hatte ihn aufgerüttelt und seine Erinnerung wachgerufen.

Hlas jeho matky ho vytřesl a připomněl mu vzpomínky.

Die Stimme, die er so lange nicht gehört hatte.

Hlas, který už tak dlouho neslyšel.

Nichts durfte entfernt werden; alles musste bleiben.

Nic se nemělo odstraňovat, všechno muselo zůstat.
Die Möbel wirkten sich positiv auf seinen Zustand aus.
Nábytek měl na jeho stav pozitivní vliv.
Und ohne diesen Anker zur Vergangenheit konnte er nicht zurechtkommen.
A bez této kotvy v minulosti se neobešel.
Die Möbel hinderten ihn daran, sinnlos herumzukriechen.
Nábytek mu bránil v bezmyšlenkovitém plazení.
Das war aber kein Verlust, sondern vielmehr ein großer Vorteil.
Ale to nebyla ztráta, spíše velká výhoda.
Leider hatte die Schwester eine ganz andere Meinung.
Bohužel sestra měla úplně jiný názor.
Sie war gewissermaßen zu einer Sprecherin Gregors geworden.
Stala se tak trochu Gregorovou mluvčí.
Natürlich war ihre Meinung nicht völlig unberechtigt.
Její názor samozřejmě nebyl zcela neoprávněný.
Doch der Meinung ihrer Mutter musste hier widersprochen werden.
Ale názor její matky musel být zde vyvrácen.
Es war nicht nur die Kiste, die nun entfernt werden musste.
Nebyla to jen krabice, kterou teď bylo třeba odstranit.
Sein Schreibtisch und der Kleiderschrank konnten ebenfalls nicht bleiben.
Jeho stůl a skříň také nemohly zůstat.
Das Einzige, was unverzichtbar war, war das Sofa.
Jediné, co bylo nepostradatelné, byla pohovka.
Sie hat diese Entscheidung nicht aus kindischem Trotz getroffen.
Nerozhodla se tak jen z dětského vzdoru.
Es lag auch nicht an ihrem erst kürzlich gewonnenen Selbstvertrauen.
Nebylo to ani jejím nedávno nabytým sebevědomím.
Das neue Selbstvertrauen, das sie hatte, trieb sie an, so hart für den Sieg zu arbeiten.
Nové sebevědomí, o jehož získání musela tak tvrdě dřít.

Auch wenn niemand erwartet hatte, dass sie dazu in der Lage sein würde.

I když nikdo nečekal, že to dokáže.

Gregor brauchte tatsächlich viel Platz zum Kriechen.

Gregor opravdu potřeboval hodně místa na plazení.

Die Möbel schränkten den ihm zur Verfügung stehenden Raum zusätzlich ein.

Nábytek jen omezoval prostor, který měl k dispozici.

Sie konnte diese Dinge besser sehen als die Mutter.

Tyto věci dokázala vidět lépe než matka.

Aber vielleicht spielte auch ihre romantische Ader eine Rolle.

Ale možná v tom sehrála roli i její romantická povaha.

Mädchen in diesem Alter entwickeln oft eine gewisse Begeisterung.

Dívky v tomto věku často získají určité nadšení.

Und sie verspüren das Bedürfnis, ihren Willen durchzusetzen, wann immer es ihnen möglich ist.

A cítí potřebu prosadit si svou, kdykoli mohou.

Vielleicht wollte sie ihn deshalb heimlich sabotieren.

Možná proto ho chtěla tajně sabotovat.

Noch furchterregender ist er, wenn er an den Wänden entlangkriecht.

Ještě děsivější je, když leze po zdech.

Die Eltern trauten sich nicht mehr, das Zimmer zu betreten.

Rodiče se už neodvážili vstoupit do místnosti.

Sie wäre tatsächlich die alleinige Betreuerin ihres Bruders.

Opravdu by se o svého bratra mohla jen starat.

Sie ließ sich von ihrer Mutter nicht umstimmen.

Nenechala se matkou přesvědčit o opaku.

Gregors Mutter fühlte sich in dem Zimmer bereits unwohl.

Gregorova matka se v pokoji už cítila nesvá.

Sie hörte bald auf zu sprechen und half ihrer Tochter erneut.

Brzy přestala mluvit a znovu pomohla své dceři.

Mit ihren letzten Kräften entfernten sie den Kleiderschrank.

Se zbývajícími silami odstranili skříň.

Auf die Kommode konnte er verzichten.

Bez komody se obešel.

Der Schreibtisch musste aber vorerst dort bleiben.

Ale stůl tam prozatím musel zůstat.

Während die Frauen weg waren, versuchte er, sich einen Überblick über den Raum zu verschaffen.

Zatímco ženy byly pryč, pokusil se zhodnotit místnost.

Und Gregor streckte seinen Kopf unter dem Sofa hervor.

A Gregor vystrčil hlavu zpod pohovky.

Er musste sehen, was er in dieser Situation tun konnte.

Musel zjistit, co se s danou situací dá dělat.

Aber er war so vorsichtig und rücksichtsvoll wie möglich.

Ale byl co nejopatrnější a nejopatrnější.

Leider war es die Mutter, die zuerst zurückkehrte.

Bohužel to byla matka, která se vrátila první.

Grete war noch dabei, den Kleiderschrank im Nebenzimmer umzustellen.

Grete stále stěhovala skříň v sousedním pokoji.

Die Mutter war den Anblick Gregors jedoch nicht gewohnt.

Ale matka nebyla na pohled na Gregora zvyklá.

Schon ein flüchtiger Blick auf ihn hätte sie krank machen können.

I jen letmý pohled na něj by jí mohl způsobit nevolnost.

Gregor eilte rückwärts zum anderen Ende des Sofas.

Gregor spěchal zpět na vzdálenější konec pohovky.

Aber er konnte sich nicht zurücklehnen und das Bettlaken ausbalancieren.

Ale nemohl se pohnout dozadu a udržet rovnováhu na prostěradle.

Die Bewegung reichte aus, um die Aufmerksamkeit der Mutter zu erregen.

Pohyb stačil k tomu, aby upoutal matčinu pozornost.

Sie hielt inne und verharrte einen kurzen Moment ganz still.

Odmlčela se a na chvilku zůstala zcela nehybně stát.

Dann drehte sie sich um und verließ das Zimmer wieder.

Pak se otočila a odešla z pokoje.

Gregor redete sich immer wieder ein, dass nichts Ungewöhnliches passiert sei.

Gregor si pořád opakoval, že se nestalo nic neobvyklého.

„Es handelt sich lediglich um ein paar Möbelstücke, die weggebracht wurden."

"Je to jen nějaký nábytek, který byl odvezen."

Doch schon bald musste er zugeben, dass ihn die Ereignisse mitgenommen hatten.

Brzy si ale musel přiznat, že se ho události dotkly.

Die Frauen hatten alles, was sie taten, auch gesagt.

Ženy říkaly všechno, co dělaly.

Sie waren im Zimmer auf und ab gegangen.

Chodili po místnosti sem a tam.

Das Kratzen aller Möbelstücke auf dem Boden.

Škrábání veškerého nábytku na podlaze.

Er hatte das Gefühl, von allen Seiten angegriffen zu werden.

Měl pocit, jako by byl napadán ze všech stran.

Er zog Kopf und Beine so fest wie möglich an.

Přitáhl si hlavu a nohy k sobě, jak nejpevněji to šlo.

Mit aller Kraft presste er seinen Körper zu Boden.

Vší silou přitiskl své tělo k zemi.

Er wusste, dass er das alles nicht mehr lange aushalten konnte.

Věděl, že tohle všechno už dlouho nevydrží.

Sie räumten sein Zimmer aus und nahmen alles mit, was ihm lieb und teuer war.

Vyklidili mu pokoj a vzali mu všechno, co měl rád.

Sie hatten bereits die Kiste mit all seinen Werkzeugen mitgenommen.

Už si vzali krabici se vším jeho nářadím.

Nun lockerten sie seinen schweren Schreibtisch vom Boden.

Teď uvolňovali jeho těžký stůl ze země.

Der Schreibtisch, an dem er nach seiner Rückkehr von der Arbeit gearbeitet hatte.

Stůl, u kterého pracoval po návratu z práce.

Der Schreibtisch, an dem er seine Geschäftsaufgaben erledigt hatte.

Stůl, na který si psal své pracovní úkoly.

**Der Schreibtisch, an dem er in der Sekundarschule seine
Hausaufgaben gemacht hatte.**

Lavice, na které si dělal domácí úkoly na střední škole.

Ja, diesen Schreibtisch hatte er schon in der Grundschule.

Ano, tuhle lavici už měl na základní škole.

**Er hatte wirklich keine Zeit, sich von ihren guten Absichten
zu überzeugen.**

Opravdu neměl čas potvrdit jejich dobré úmysly.

**Obwohl er beinahe vergessen hatte, dass sie überhaupt da
waren.**

I když už skoro zapomněl, že tam stejně jsou.

Weil sie vor Erschöpfung still arbeiteten.

Protože kvůli vyčerpání pracovali tiše.

**Sie waren zu müde, um ihre Bewegungen jetzt noch bekannt
zu geben.**

Byli příliš unavení na to, aby teď oznamovali své pohyby.

**Alles, was er hörte, waren ihre schweren Schritte auf dem
Boden.**

Slyšel jen jejich těžké kroky na podlaze.

Genau in diesem Moment lehnten sie an der Kiste.

Právě v tu chvíli se opírali o krabici.

Und da kam Gregor unter dem Sofa hervor.

A v tom okamžiku Gregor vylezl zpod pohovky.

Er änderte viermal seine Laufrichtung.

Čtyřikrát změnil směr, kterým běžel.

**Er konnte sich nicht entscheiden, welcher Gegenstand zuerst
gerettet werden musste.**

Nedokázal se rozhodnout, kterou položku je třeba zachránit
jako první.

Plötzlich richtete sich sein Blick auf die leere Wand.

Najednou jeho pozornost upoutala prázdná zeď.

**Alles, was sie ihm hinterlassen hatten, war das Bild der
Dame im Pelzmantel.**

Zůstal mu jen obrázek dámy v kožešině.

Er kroch zu dem Bild und drückte seinen Körper an sie.

Doplazil se k obrazu a přitiskl se k ní tělem.

Und sein Körper verdeckte vollständig das Bild.

A jeho tělo zcela zakrývalo výhled na obraz.
Das Glas stützte ihn und kühlte seinen heißen Bauch.
Sklenice ho podpírala a uklidňovala jeho rozpálené břicho.
Dieses Foto konnte ihm nicht mehr abgenommen werden.
Tuto fotku mu už nešlo vzít.
Dann wandte er den Kopf zur Wohnzimmertür.
Pak otočil hlavu ke dveřím obývacího pokoje.
Er wollte zusehen, wie die Frauen ins Zimmer zurückkehrten.
Chystal se sledovat, jak se ženy vracejí do místnosti.
Und sie ruhten sich nicht lange aus, bevor sie wieder zurückkehrten.
A dlouho neodpočívali, než se znovu vrátili.
Grete hatte den Arm um ihre Mutter gelegt, um ihr beim Gehen zu helfen.
Grete objala matku a pomohla jí s chůzí.
„Was sollen wir denn jetzt nehmen?", fragte Grete und blickte sich um.
„Co si teď vezmeme?" zeptala se Gréta a rozhlédla se kolem.
Genau in diesem Moment trafen sich ihre Blicke mit Gregors.
Právě v tom okamžiku se její pohled setkal s Gregorovýma očima.
Trotz des Schocks behielt sie die Fassung.
Navzdory šoku si zachovala duchapřítomnost.
Vermutlich nur wegen der Anwesenheit ihrer Mutter.
Pravděpodobně jen kvůli přítomnosti její matky.
Sie neigte ihr Gesicht zu ihrer Mutter und verdeckte ihr die Sicht.
Sklonila tvář k matce a zakryla si výhled.
Und dann sagte sie, zitternd und gedankenlos:
A pak řekla, třesouc se a bezmyšlenkovitě:
"Kommt schon, sollten wir nicht zurück ins Wohnzimmer gehen?"
„No tak, neměli bychom se vrátit do obýváku?"
Gregor konnte die Absichten der Schwester leicht verstehen.
Gregor snadno pochopil sestriny úmysly.

Ihre oberste Priorität war es, ihre Mutter in Sicherheit zu
bringen.
Její první prioritou bylo dostat matku do bezpečí.
Aber dann wollte sie ihn von der Mauer herunterjagen.
Ale pak ho chtěla honit ze zdi.
„Nun, sie kann es ja versuchen!", dachte Gregor bei sich.
„No, to se rozhodně může pokusit!" pomyslel si Gregor v
duchu.
Er behielt sein Bild fest im Blick und gab es nicht her.
Pevně seděl na svém obrazu a nevzdával ho.
Am liebsten wäre er der Schwester ins Gesicht gesprungen.
Nejraději by sestře skočil do obličeje.
Doch Gretes Worte hatten ihre Mutter noch mehr
beunruhigt.
Ale Gretina slova matku znepokojila ještě víc.
Sie trat beiseite, um zu sehen, was vor ihr verborgen wurde.
Ustoupila stranou, aby viděla, co se před ní skrývá.
Und sie sah den braunen Fleck auf der geblümten Tapete.
A uviděla hnědou skvrnu na květinové tapetě.
Und sie schrie auf, noch bevor sie merkte, dass es Gregor
war.
A vykřikla, než si vůbec uvědomila, že je to Gregor.
"Oh Gott", schrie sie mit ausgestreckten Armen.
„Panebože," vykřikla s rozpaženýma rukama.
Und sie sank auf die Couch, als hätte sie aufgegeben.
A spadla na gauč, jako by to vzdala.
„Gregor!", rief die Schwester ihm mit erhobener Faust zu.
„Gregore!" zvolala na něj sestra se zdviženou pěstí.
Und sie warf ihm einen langen, harten und
durchdringenden Blick zu.
A ona se na něj podívala dlouhým, tvrdým a pronikavým
pohledem.
Dies war das erste Mal, dass sie direkt mit ihm gesprochen
hatte.
To bylo poprvé, co s ním mluvila přímo.
Sie rannte ins Nebenzimmer, um Riechsalz zu holen.
Běžela do vedlejší místnosti pro vonné soli.

Sie musste ihre Mutter wieder zum Bewusstsein bringen.
Musela matku přivést zpět k vědomí.
Gregor wollte helfen, er konnte das Bild später aufbewahren.
Gregor chtěl pomoct, obrázek si mohl později uložit.
Doch er war fest an der Glasscheibe festgeklebt.
Ale pevně se přilepil na sklo.
Deshalb musste er sich mit großer Kraft losreißen.
Takže se musel odtrhnout s použitím velké síly.
Auch er rannte in den nächsten Raum, wo sich die Schwester befand.
I on vběhl do vedlejší místnosti, kde byla sestra.
Früher hätte er ihr vielleicht einen Rat geben können.
Za starých časů jí mohl dát nějakou radu.
Doch nun konnte er nichts anderes tun, als tatenlos zuzusehen.
Ale teď nemohl dělat nic jiného, než nečinně přihlížet a nečinně přihlížet.
Sie durchwühlte die Schublade und öffnete verschiedene Flaschen.
Prohrabala se zásuvkou a otevírala různé lahve.
Und er erschreckte sie immer noch, als sie sich umdrehte.
A pořád ji děsil, když se otočila.
Eine Flasche fiel zu Boden, zerbrach und splitterte.
Láhev spadla na zem, rozbila se a roztříštila se.
Ein Glassplitter traf Gregor im Gesicht und verletzte ihn.
Skleněná tříska zasáhla Gregora do obličeje a zranila ho.
Die Flasche hatte eine Art ätzende Flüssigkeit enthalten.
Láhev obsahovala nějakou žíravou tekutinu.
Und nun brannte die ätzende Flüssigkeit auf Gregors Gesicht.
A teď žíravá tekutina pálila Gregorovi obličej.
Die Schwester hatte jedoch im Moment keine Zeit für Gregor.
Sestra ale teď na Gregora neměla čas.
Sie sammelte so viele Flaschen ein, wie sie tragen konnte.
Sebrala tolik lahví, kolik jen mohla.

Und sie rannte mit der Medizin zurück zu ihrer Mutter.
A běžela s lékem zpátky k matce.
Sie schlug die Tür mit dem Fuß zu und schloss Gregor aus.
Práskla dveřmi nohou a Gregora zavřela ven.
Nun war er von seiner möglicherweise sterbenden Mutter abgeschnitten.
Byl nyní odříznut od své potenciálně umírající matky.
Wenn er die Tür öffnete, würde er die Schwester verjagen.
Kdyby otevřel dveře, sestru by vyhnal.
Aber natürlich musste sie bleiben, um sich um die Mutter zu kümmern.
Ale samozřejmě musela zůstat, aby se o matku starala.
Es gab für ihn nichts anderes zu tun, als auf sie zu warten.
Teď už nemohl dělat nic jiného, než na ně čekat.
Von Selbstvorwürfen und Angst geplagt, begann er zu kriechen.
Trápila ho sebevýčitka a úzkost, a tak se začal plazit.
Er kroch überall hin; an Wänden, Möbeln, der Decke.
Plazil se všude; po zdech, nábytku, stropě.
Er hatte das Gefühl, als würde sich der ganze Raum um ihn drehen.
Měl pocit, jako by se kolem něj točila celá místnost.
Schließlich fiel er, verzweifelt und schwindlig, wieder zu Boden.
Nakonec, v zoufalství a závrati, spadl zpět na zem.
Und er fiel direkt auf den großen Esstisch.
A spadl přímo na velký jídelní stůl.
Er lag eine Weile da, betäubt und unfähig sich zu bewegen.
Nějakou dobu tam ležel, ztuhlý a neschopný pohybu.
Er war erschöpft von all dem, was ihm dieser Tag gebracht hatte.
Byl vyčerpaný ze všeho, co mu tenhle den přinesl.
Es herrschte ringsum Stille, aber vielleicht war das ein gutes Zeichen.
Všude kolem bylo ticho, ale možná to bylo dobré znamení.
Dann zerriss das Klingeln an der Haustür die Stille.
Pak ticho prolomil zazvonění zvonku venku.

Das Dienstmädchen hatte sich natürlich in ihrer Küche eingeschlossen.

Služebná se samozřejmě zamkla v kuchyni.

Die Schwester war also die Einzige, die die Tür öffnen konnte.

Takže sestra byla jediná, kdo mohl otevřít dveře.

„Was ist passiert?", fragte der Vater als Erstes.

„Co se stalo?" zeptal se otec jako první.

Gretes Erscheinung hatte ihm wahrscheinlich alles verraten.

Gretin vzhled mu pravděpodobně prozradil všechno.

Gretes Stimme wurde beim Sprechen gedämpft und dumpf.

Gretin hlas zněl tlumeně a nudně, když mluvila.

Sie muss ihr Gesicht an die Brust ihres Vaters gedrückt haben.

Musela přitisknout obličej k otcově hrudi.

„Mutter war bewusstlos, aber es geht ihr jetzt besser."

„Matka byla v bezvědomí, ale teď se cítí lépe."

„Gregor ist entkommen", fügte sie hinzu, was er auch erwartet hatte.

„Gregor utekl," dodala, což očekával.

"Ich habe dir doch immer gesagt, dass er eines Tages ausbrechen würde."

„Vždycky jsem ti říkal, že jednoho dne uteče."

„Aber ihr Frauen wolltet mir ja nicht zuhören, nicht wahr?"

„Ale vy ženy jste mě nechtěly poslouchat, že ne?"

Gregor erkannte schnell, wie sein Vater die Dinge sehen würde.

Gregor si rychle uvědomil, jak to jeho otec vidí.

Er hatte Gretes allzu kurze Nachricht falsch interpretiert.

Špatně si vyložil Gretinu příliš stručnou zprávu.

Er nahm an, Gregor habe eine Gewalttat begangen.

Předpokládal, že Gregor spáchal nějaký násilný čin.

Gregor musste einen Weg finden, seinen Vater irgendwie zu besänftigen.

Gregor musel najít způsob, jak otce nějak uklidnit.

Weil er keine Zeit hatte, ihm die Dinge zu erklären.

Protože neměl čas mu to vysvětlovat.

Aber er hätte die Dinge ohnehin nicht erklären können.
Ale stejně by to nedokázal vysvětlit.
Da flüchtete er zur Tür und drückte sich dagegen.
Utekl tedy ke dveřím a přitiskl se k nim.
So konnte sein Vater ihn vom Vorzimmer aus sehen.
Tak ho otec mohl vidět z předsíně.
Und er würde erkennen, dass er die besten Absichten hatte.
A bude si moci být jistý, že má ty nejlepší úmysly.
Es war nicht nötig, ihn mit einem Besen zurückzudrängen.
Nebylo třeba ho odhánět koštětem.
Der Vater hätte lediglich die Tür öffnen müssen.
Otec by stačil jen otevřít dveře.
Doch er hatte keine Lust, solche Feinheiten zu bemerken.
Ale neměl náladu si takových jemností všímat.
"Da bist du ja!", rief er, sobald er eingetreten war.
„Tady to máte!" zvolal, jakmile vešel.
Es war, als wäre er gleichzeitig wütend und glücklich.
Bylo to, jako by byl zároveň naštvaný a šťastný.
Er zog den Kopf zurück und blickte zu seinem Vater auf.
Zaklonil hlavu a vzhlédl k otci.
Er hatte sich seinen Vater nicht so vorgestellt.
Nepředstavoval si, že tam jeho otec takhle stojí.
Doch in letzter Zeit hatte er eine neue Ablenkung gefunden.
Ale v poslední době si našel novou zábavu.
**Das Herumkriechen nahm nun einen großen Teil seines
Tages ein.**
Plazit se teď zabíralo velkou část jeho dne.
**Zuvor hatte er alle Neuigkeiten in der Wohnung im Blick
behalten.**
Předtím sledoval všechny novinky v bytě.
**Aber in letzter Zeit hatte er nicht mehr so genau darauf
geachtet.**
Ale v poslední době tomu tolik pozornosti nevěnoval.
Er hätte auf Veränderungen vorbereitet sein müssen.
Měl být připraven setkat se se změnami.
Aber war dieser Mann vor ihm noch der Vater?
Byl tento muž před ním stále otcem?

War er noch derselbe Mann, der früher müde in seinem Bett lag?

Byl to ten samý muž, který dříve unaveně ležel ve své posteli?

Als Gregor bereits auf Geschäftsreise war.

Když už Gregor odjel na služební cestu.

War er derselbe Mann, der ihn abends begrüßte?

Byl to ten samý muž, který ho večer vítal?

Als er in seinem Morgenmantel in seinem Sessel saß.

Když byl v županu ve svém křesle.

War er derselbe Mann, der nicht aufstehen konnte, um ihn zu begrüßen?

Byl to ten samý muž, který se nemohl zvednout, aby ho přivítal?

So blieb er sitzen und hob freudig den Arm.

Zůstal tedy sedět a na znamení radosti zvedl ruku.

War er derselbe Mann, mit dem er gelegentlich spazieren ging?

Byl to ten samý muž, se kterým chodil občas na procházky?

In seltenen Fällen: an einigen Sonntagen im Jahr oder an Feiertagen.

Ve vzácných případech: několik nedělí v roce nebo svátky.

War er derselbe Mann, der in seinen Mantel gehüllt herüberkam?

Byl to ten samý muž, který šel pěšky, zahalený v kabátu?

Musste er sich langsam zwischen Mutter und ihm vorwärtsarbeiten?

Pomalu se namáhal vpřed, mezi matkou a ním?

Und sie gingen seinetwegen bereits langsam.

A už kvůli němu šli pomalu.

Doch nun stand dieser Mann stark und aufrecht.

Ale teď tento muž stál silně a vzpřímeně.

Er trug eine blaue Uniform mit goldenen Knöpfen.

Byl oblečený v modré uniformě se zlatými knoflíky.

Knöpfe, die die Angestellten der Bankinstitute tragen.

Knoflíky, které nosí zaměstnanci bankovních institucí.

Über dem steifen Kragen trat sein markantes Doppelkinn hervor.

Nad tuhým límcem se vynořila jeho silná dvojitá brada.
Unter seinen buschigen Augenbrauen blickten seine schwarzen Augen hervor.
Zpod hustého obočí se mu dívaly černé oči.
Seine Augen wirkten nun durchdringend, frisch und aufmerksam.
Teď jeho oči vypadaly pronikavě, svěže a ostražitě.
Das zuvor zerzauste weiße Haar wurde glatt gekämmt.
Dříve rozcuchané bílé vlasy byly sčesané dolů.
Und sein Haar hatte nun einen sorgfältigen Mittelscheitel.
A jeho vlasy teď měly pečlivě rozdělené uprostřed.
Er warf seinen Hut weg, der mit einem goldenen Monogramm verziert war.
Hodil klobouk, který byl připevněn zlatým monogramem.
Es handelte sich wahrscheinlich um das Monogramm der Bank, für die er arbeitete.
Pravděpodobně to byl monogram banky, pro kterou pracoval.
Und der Hut landete auf dem Sofa, um später weggeräumt zu werden.
A klobouk přistál na pohovce, aby ho později uklidili.
Er schob den Saum der langen Uniformjacke zurück.
Odhrnul si spodek dlouhé uniformní bundy.
Und er steckte seine Daumen in die Hosentaschen.
A strčil si palce do kapes kalhot.
Und dann ging er mit finsterer Miene auf Gregor zu.
A pak s zachmuřenou tváří kráčel k Gregorovi.
Er wusste wahrscheinlich selbst noch nicht, was er vorhatte.
Pravděpodobně ani nevěděl, co plánuje udělat.
Dennoch hob er die Füße ungewöhnlich hoch.
Přesto však zvedl nohy neobvykle vysoko.
Gregor staunte über die enorme Größe seiner Stiefel.
Gregor byl ohromen obrovskou velikostí svých bot.
Doch dafür blieb wirklich keine Zeit, seine Schuhe zu bewundern.
Ale na obdivování jeho bot opravdu nebyl čas.
Der Vater hatte sich für eine sehr strenge Disziplin entschieden.

Otec se rozhodl pro velmi přísnou disciplínu.

Für Gregor war nur die größtmögliche Strenge angemessen.

Pro Gregora byla vhodná jen ta největší přísnost.

Das wusste er vom ersten Tag seiner Verwandlung an.

Věděl to od prvního dne své proměny.

Er rannte zu seinem Vater und blieb stehen, als dieser stehen blieb.

Běžel k otci a zastavil se, když se zastavil.

Als er sich wieder bewegte, huschte er erneut auf ihn zu.

Znovu se k němu rozběhl, když se znovu pohnul.

Der Vater hielt einen Moment inne, und Gregor tat es ihm gleich.

Otec se na okamžik odmlčel a Gregor také.

Und sobald sich sein Vater bewegte, stürmte er wieder vorwärts.

A jakmile se jeho otec pohnul, znovu se vrhl vpřed.

Auf diese Weise gingen sie mehrmals im Kreis um den Raum.

Takto několikrát obešli místnost.

Bislang hatte noch niemand einen entscheidenden Vorteil errungen.

Nikdo zatím nezískal žádnou rozhodující výhodu.

Man konnte nicht den Eindruck einer Verfolgungsjagd gewinnen.

Člověk by nemohl získat dojem honičky.

Weil das ganze Geschehen viel zu langsam vonstatten ging.

Protože celá událost se odehrávala příliš pomalu.

Gregor hatte beschlossen, am Boden zu bleiben.

Gregor se rozhodl, že zůstane na zemi.

Er hätte die Wände hoch und an der Decke entlanglaufen können.

Mohl běhat po zdech a podél stropu.

Er wollte den Vater aber nicht unnötig provozieren.

Ale nechtěl otce zbytečně provokovat.

Eine solche Flucht hätte besonders verwerflich erscheinen können.

Takový útěk se mohl zdát obzvláště zlomyslný.

Gregor räumte ein, dass diese Jagd nicht mehr lange dauern könne.

Gregor připustil, že tato honička už dlouho trvat nemohla.

Jeder Schritt erforderte eine Vielzahl von Bewegungen.

Každý krok musel být proveden s nesčetnými pohyby.

Er begann bereits Atemnot zu verspüren.

Už začínal pociťovat dušnost.

Schon vorher hatte er nie absolut zuverlässige Lungen gehabt.

Ani předtím nikdy neměl zcela důvěryhodné plíce.

Er taumelte dahin und sparte seine Kräfte für den Lauf.

Potácel se dál a šetřil si síly na běh.

Er war so müde, dass er die Augen kaum noch offen halten konnte.

Byl tak unavený, že sotva udržel oči otevřené.

Seine Gedanken verlangsamten sich zu sehr, um an andere Fluchtmöglichkeiten zu denken.

Jeho myšlenky se příliš zpomalily, než aby dokázal vymyslet další úniky.

Er hatte fast vergessen, dass ihm die Wände zur Verfügung standen.

Téměř zapomněl, že zdi jsou mu k dispozici.

Die Wände waren aber ohnehin hinter Möbeln verborgen.

Ale stěny byly stejně skryté za nábytkem.

Und die Möbel wiesen zu viele Kerben und Vorsprünge auf.

A nábytek měl příliš mnoho zářezů a výstupků.

Und dann, direkt neben ihm, rollte ein Apfel.

A pak, hned vedle něj, se kutálelo jablko.

Ihm wurde klar, dass der Apfel nach ihm geworfen worden sein musste.

Uvědomil si, že po něm muselo být hozeno jablko.

Doch er hatte keine Zeit zum Nachdenken, da kam schon der nächste Apfel.

Ale neměl čas přemýšlet, než přišlo další jablko.

Gregor erstarrte vor Schreck über die neue Strategie seines Vaters.

Gregor ztuhl šokem z otcovy nové strategie.

Er konnte durch einen Fluchtversuch nichts mehr gewinnen.
Z pokusu o útěk už nemohl nic získat.
Der Vater hatte beschlossen, ihn mit Früchten zu überhäufen.
Otec se rozhodl, že ho zasype ovocem.
Er hatte sich die Taschen mit Obst aus der Küchenschale gefüllt.
Naplnil si kapsy ovocnou mísou z kuchyně.
Ohne besonders darauf zu zielen, warf er Apfel um Apfel.
Bez zvláštního míření házel jedno jablko za druhým.
Diese kleinen roten Äpfel rollten auf dem Boden herum.
Tato malá červená jablíčka se kutálela po zemi.
Wie von einem Stromschlag getroffen, stießen die Äpfel aneinander.
Jako by do sebe narazila elektrizující energie, jablka do sebe narážela.
Einer der schwach geworfenen Äpfel streifte Gregors Rücken.
Jedno ze slabě hozených jablek se oškrábalo Gregora na zádech.
Zum Glück für ihn rutschte der Apfel harmlos herunter.
Naštěstí pro něj jablko sklouzlo bez škody.
Der anschließend geworfene Apfel traf jedoch genauer.
Jablko hozené později však bylo přesnější.
Und dieser Apfel blieb tief in Gregors Rücken stecken.
A toto jablko se zarylo hluboko do Gregorových zad.
Gregor wollte sich vor dem Schmerz davonreißen.
Gregor se chtěl od bolesti odtrhnout.
Vielleicht ließe sich diesem neuen, unvorstellbaren Schmerz entkommen.
Možná by se této nové, neuvěřitelné bolesti dalo uniknout.
Vielleicht würde ein Ortswechsel seine Qualen lindern.
Možná by změna místa zmírnila jeho trápení.
Aber er fühlte sich, als wäre er am Boden festgenagelt.
Ale cítil se, jako by ho přibili k podlaze.
Er streckte sich aus, aber nur aufgrund seiner Verwirrung.
Protáhl se, ale jen kvůli svému zmatku.

Erst mit seinem letzten Blick sah er, wie sich die Tür öffnete.

Teprve naposledy pohlédl, jak se dveře otevírají.

Die Mutter stürzte vor die schreiende Schwester hinaus.

Matka vyběhla před křičící sestru.

Die Schwester hatte sie ausgezogen, sodass sie nur noch ihr Hemd trug.

Sestra ji svlékla, takže byla jen v košili.

Sie hatte in ihrer Bewusstlosigkeit Freiraum gebraucht.

V bezvědomí potřebovala nadechnout se.

Er sah noch, wie die Mutter auf den Vater zulief.

Stále viděl, jak matka běžela k otci.

Ihre Röcke rutschten einer nach dem anderen zu Boden.

Její sukně jedna za druhou sklouzly na zem.

Er sah, wie sie auf den Vater zuging und über ihren Rock stolperte.

Viděl ji, jak se blíží k otci a zakopává o sukni.

Sie umarmte ihn und bat darum, Gregors Leben zu verschonen.

Objala ho a prosila o zachování Gregorova života.

In völliger Einheit mit seinem Körper versagte auch sein Augenlicht.

V naprostém spojení s tělem mu selhával zrak.

Teil Drei
Třetí část

Gregor litt über einen Monat lang unter der schweren Verletzung.

Gregor trpěl těžkým zraněním déle než měsíc.

Der Apfel steckte fest; niemand wagte es, ihn zu entfernen.

Jablko zůstalo zabořené; nikdo se neodvážil ho vyndat.

Der Apfel blieb als sichtbare Erinnerung in seinem Fleisch zurück.

Jablko mu zůstalo v těle jako viditelná připomínka.

Der Apfel diente dem Vater aber auch als Erinnerung.

Ale jablko také sloužilo otci jako připomínka.

Ihm wurde klar, dass Gregor nicht wie ein Feind behandelt werden sollte.

Uvědomil si, že s Gregorem by se nemělo zacházet jako s nepřítelem.

Im Moment mag sein Erscheinungsbild traurig und abstoßend wirken.

V současné době by jeho vzhled mohl být smutný a nechutný.

Aber dennoch war er ein Mitglied ihrer Familie.

Ale i tak byl stále členem jejich rodiny.

Der Widerwille musste überwunden und toleriert werden.

Neochota se musela spolknout a tolerovat.

Aufgrund seiner Verletzung könnte seine Beweglichkeit für immer verloren sein.

Kvůli jeho zranění může být jeho mobilita navždy ztracena.

Er kroch immer noch in seinem Zimmer herum, aber viel langsamer.

Pořád se plazil po pokoji, ale mnohem pomaleji.

Kriechen in irgendeiner Höhe war völlig ausgeschlossen.

Plazit se v jakékoli výšce nepřipadalo v úvahu.

Gregor erhielt jedoch eine Form der Entschädigung.

Gregor ale nějakou formu odškodnění obdržel.

Am Abend wurde ihm die Wohnzimmertür geöffnet.

Večer mu otevřeli dveře obývacího pokoje.

Und er war der Ansicht, dass diese
Wiedergutmachungszahlungen vollkommen angemessen
seien.

A cítil, že tyto reparace byly zcela dostatečné.

**Noch vor Einbruch der Dunkelheit begann er, die Tür zu
beobachten.**

Ještě před večerem začal hlídat dveře.

Er lag in der Dunkelheit, vom Wohnzimmer aus unsichtbar.

Ležel ve tmě, neviditelný z obývacího pokoje.

**Er konnte die ganze Familie an dem beleuchteten Tisch
sehen.**

Viděl celou rodinu u osvětleného stolu.

Nun durfte er ihren Gesprächen zuhören.

Nyní mu bylo dovoleno poslouchat jejich rozhovory.

**Dies unterschied sich deutlich von ihrer vorherigen
Vereinbarung.**

To se dost lišilo od jejich předchozího uspořádání.

**Die lebhaften Gespräche vergangener Zeiten waren
verstummt.**

Živé rozhovory dřívějších dob skončily.

**Das waren die Gespräche, nach denen er sich immer gesehnt
hatte.**

To byly rozhovory, po kterých dříve toužil.

Als er allein in kleinen Hotelzimmern schlief.

Když spal sám v malých hotelových pokojích.

Als er sich in die feuchte Bettwäsche werfen musste.

Když se musel vrhnout do vlhké postele.

Die Abende verliefen nun meist ruhig und ereignislos.

Ale večery teď byly většinou klidné a bezproblémové.

**Der Vater schlief nach dem Abendessen in seinem Sessel
ein.**

Otec po večeři usnul ve svém křesle.

Und Mutter und Schwester ermahnten einander zur Stille.

A matka se sestrou se navzájem naléhaly, aby byly zticha.

**Die Mutter beugte sich weit über die Lampe und nähte
Leinen.**

Matka, nakloněná vysoko nad světlo, šila prádlo.

Sie entwirft jetzt Kleider für eines der Modegeschäfte.

Teď šila šaty pro jeden z módních obchodů.

Wie Gregor hatte auch die Schwester eine Stelle als Verkäuferin angenommen.

Stejně jako Gregor, i sestra si vzala práci prodavačky.

Sie lernte abends Stenografie und Französisch.

Večer se učila těsnopis a francouzštinu.

Damit sie später vielleicht eine bessere Arbeitsstelle bekommen könnte.

Aby si později mohla najít lepší pracovní pozici.

Manchmal wachte der Vater von seinem abendlichen Nickerchen auf.

Někdy se otec probudil z večerního spánku.

"Liebling, du nähst heute schon so lange!"

"Zlato, dnes už jsi tak dlouho šila!"

Er schien vergessen zu haben, dass er geschlafen hatte.

Zdálo se, že zapomněl, že spal.

Doch er fiel sofort wieder in seinen Schlaf zurück.

Ale okamžitě znovu upadl do spánku.

Und Mutter und Schwester lächelten einander müde an.

A matka a sestra se na sebe unaveně usmály.

Der Vater hatte eine seltsame neue Sturheit entwickelt.

Otec si vypěstoval podivnou novou tvrdohlavost.

Selbst zu Hause weigerte er sich, seine Dieneruniform auszuziehen.

Dokonce i doma si odmítal svléknout služebnickou uniformu.

Und sein Morgenmantel hing nutzlos am Kleiderbügel.

A jeho župan visel bezcenně na ramínku.

So schlief der Vater, vollständig bekleidet, in seinem Sessel.

Otec tedy spal, plně oblečený, ve svém křesle.

Es war, als ob er immer bereit wäre, seinen Dienst zu leisten.

Bylo to, jako by byl vždy připraven vykonat svou službu.

Als ob er nur auf die Stimme seines Vorgesetzten gewartet hätte.

Jako by jen čekal na hlas svého nadřízeného.

Dies führte dazu, dass seine Uniform an Sauberkeit verlor.

To vedlo k tomu, že jeho uniforma ztratila čistotu.

Obwohl die Uniform auch nicht neu war, als er sie bekam.
I když uniforma taky nebyla nová, když ji dostal.
Und die Mutter tat ihr Bestes, um die Uniform zu pflegen.
A matka se ze všech sil starala o uniformu.
Gregor verbrachte ganze Abende damit, diese Uniform anzusehen.
Gregor trávil celé večery prohlížením si této uniformy.
Er beobachtete, wie der alte Mann äußerst unbequem schlief.
Sledoval, jak starý muž nepohodlně spí.
Doch im Schlaf bemerkte er auch etwas Friedliches.
Ale ve spánku si také všiml něčeho klidného.
Als die Uhr zehn schlug, versuchte die Mutter, ihn zu wecken.
Když hodiny odbily deset, matka se ho pokusila probudit.
Sie sprach leise und überredete ihn, ins Bett zu gehen.
Tiše promluvila a přesvědčila ho, aby šel spát.
Denn auf dem Sessel zu schlafen war kein richtiger Schlaf.
Protože spaní v křesle nebyl opravdový spánek.
Er musste um sechs Uhr mit der Arbeit beginnen.
Musel začít pracovat v šest hodin.
Deshalb musste er unbedingt so gut wie möglich schlafen.
Takže se opravdu potřeboval co nejlépe vyspat.
Doch er war von einer neuen Form der Sturheit ergriffen.
Ale sevřela ho nová forma tvrdohlavosti.
Die Tatsache, dass er Diener geworden war, hatte begonnen, diese Wirkung auf ihn zu haben.
To, že se stal sluhou, na něj začalo mít tento vliv.
Deshalb bestand er immer darauf, länger am Tisch zu bleiben.
Takže vždycky trval na tom, aby u stolu zůstal déle.
Obwohl er regelmäßig wieder in seinem Sessel einschlief.
I když pravidelně zase usínal ve svém křesle.
Und er ließ sich nur mit größter Mühe bewegen.
A pohnout s ním bylo možné jen s největšími obtížemi.
Man musste ihm erklären, dass das Bett besser für ihn wäre.
Muselo se mu říct, že postel pro něj bude lepší.

Mutter und Schwester mussten nachdrücklich darauf bestehen, oft mit nur wenigen Vorwarnungen.
Matka a sestra musely trvat na svém s malými varováními.
Fünfzehn Minuten lang schüttelte er nur langsam den Kopf.
Patnáct minut jen pomalu kroutil hlavou.
Und er hielt die Augen geschlossen und weigerte sich aufzustehen.
A on měl zavřené oči a odmítal vstát.
Die Mutter zupfte sanft, aber bestimmt an seinem Ärmel.
Matka ho jemně, ale pevně zatahala za rukáv.
Und sie flüsterte ihm schmeichelhafte Worte in seine müden Ohren.
A šeptala mu lichotivá slova do unavených uší.
Die Schwester unterbrach ihre Arbeit, um ihrer Mutter zu helfen.
Sestra opustila práci, kterou měla na práci, aby pomohla matce.
Doch keiner ihrer Versuche zeigte Wirkung beim Vater.
Ale ani jeden z jejich pokusů na otce nezabral.
Er sank noch tiefer in seinen Stuhl, bereit zum Schlafen.
Zabořil se ještě hlouběji do křesla, připravený ke spánku.
Und schließlich packten ihn die Frauen unter den Achseln.
A nakonec ho ženy chytily pod paží.
Er öffnete die Augen und blickte sie abwechselnd an.
Otevřel oči a střídavě se na ně díval.
„Was für ein Leben!", klagte er beim Zubettgehen.
„Co je to za život," stěžoval si, když šel spát.
"Ist das der Frieden, der mir im Alter zuteilwurde?"
„Je tohle ten klid, který mi byl dán ve stáří?"
Doch dann stützte er sich auf die beiden Frauen und stand unbeholfen auf.
Ale pak se opřel o obě ženy a nešikovně vstal.
Er tat so, als trüge er die schwerste Last.
Choval se, jako by nesl to nejtěžší břemeno.
Er ließ sich von den beiden Frauen bis ans andere Ende des Raumes führen.
Nechal se oběma ženami dovést na konec místnosti.

Dort wünschte er ihnen eine gute Nacht und ging dann allein weiter.

Tam jim popřál dobrou noc a pokračoval dál sám.

Doch die Mutter warf hastig ihr Nähzeug hin.

Ale matka spěšně odhodila svou šicí soupravu.

Und auch die Schwester legte den Stift und den Notizblock beiseite.

A sestra také odložila pero a zápisník.

Und sie liefen hinter dem Vater her, um ihm weiter zu helfen.

A běželi za otcem, aby mu dále pomáhali.

Wer in dieser überarbeiteten Familie hatte schon Zeit für Gregor?

Kdo v této přepracované rodině měl na Gregora čas?

Wer hätte ihm mehr Aufmerksamkeit schenken können als nötig?

Kdo mu mohl věnovat více pozornosti, než bylo nutné?

Das Haushaltsbudget wurde zunehmend eingeschränkt.

Domácí rozpočet se stále více omezoval.

Um Geld zu sparen, mussten sie schließlich das Dienstmädchen entlassen.

Nakonec, aby ušetřili peníze, museli služebnou propustit.

Sie wurde durch eine stämmige, weißhaarige Frau ersetzt.

Nahradila ji silnokožná žena s bílými vlasy.

Diese Frau kam jedoch nur morgens und abends.

Ale tato žena chodila jen ráno a večer.

Und die schwerste und härteste Arbeit wurde ihr aufgehoben.

A veškerá ta nejtěžší a nejnáročnější práce byla ušetřena pro ni.

Alle anderen Hausarbeiten wurden von der Mutter erledigt.

O všechny ostatní práce se starala matka.

Es kam sogar vor, dass verschiedene Familienschmuckstücke verkauft wurden.

Dokonce se stalo, že se prodávaly různé rodinné šperky.

Schmuck, den die Frauen bei Feierlichkeiten mit Freude getragen hatten.

Šperky, které ženy s radostí nosily během oslav.

Gregor erfuhr dies in einer der allgemeinen Diskussionen.

Gregor se to dozvěděl z jedné z obecných diskusí.

Die größte Beschwerde betraf jedoch etwas anderes.

Největší stížností však bylo něco jiného.

Die Wohnung war zu groß, aber sie konnten nicht ausziehen.

Byt byl příliš velký, ale nemohli se odstěhovat.

Es gab keine Möglichkeit, Gregor umzusiedeln.

Gregora nemohli přemístit.

Gregor erkannte jedoch, dass es nicht nur um Rücksichtnahme ging.

Gregor si ale uvědomil, že nešlo jen o ohleduplnost.

Etwas anderes hielt sie davon ab, woanders hinzuziehen.

Něco jiného jim bránilo v tom, aby se přestěhovali někam jinam.

Er hätte problemlos in einer geeigneten Kiste transportiert werden können.

Dalo se ho snadno přepravit ve vhodné krabici.

Ihre Gefühle völliger Hoffnungslosigkeit hielten sie zurück.

Pocity naprosté beznaděje je brzdily.

Sie wollten sich nicht eingestehen, dass sie vom Unglück getroffen worden waren.

Nechtěli si přiznat, že je postihlo neštěstí.

Was die Welt von armen Menschen verlangt, das haben sie erfüllt.

Co svět od chudých lidí požaduje, oni splnili.

Der Vater holte dem kleinen Bankangestellten das Frühstück.

Otec přinesl malému bankovnímu úředníkovi snídani.

Die Mutter opferte sich für die Wäsche von Fremden auf.

Matka se obětovala pro prádlo cizích lidí.

Die Schwester rannte hin und her, um die Bestellungen der Kunden aufzunehmen.

Sestra běhala sem a tam pro objednávky zákazníků.

Aber sie hatten einfach nicht mehr die Kraft, irgendetwas weiter zu tun.

Ale na nic víc prostě neměli sílu.

Die Wunde in Gregors Rücken schmerzte nun noch mehr.

Rána na Gregorových zádech začala bolet ještě víc.

Jeden Abend brachten Mutter und Schwester den Vater ins Bett.

Každý večer matka a sestra přivedly otce do postele.

Sie ließen ihre Arbeit liegen und setzten sich zusammen.

Nechali práci tam, kde byla, a sedli si spolu.

Und sie rückten näher zusammen und saßen Wange an Wange.

A přiblížili se k sobě a posadili se tváří v tvář.

Die Mutter zeigte auf das Zimmer, von dem aus er zusah.

Matka ukázala na místnost, odkud se díval.

"Würdest du die Tür schließen?", fragte sie die Schwester.

„Mohl bys zavřít dveře?" zeptala se sestry.

Und dann war Gregor wieder allein in der Dunkelheit.

A pak Gregor zůstal znovu sám ve tmě.

Und im Nebenzimmer vermischten die Frauen ihre Tränen.

A v další místnosti žena smísila jejich slzy.

Oder sie saßen mit trockenen Augen da und starrten einfach nur auf den Tisch.

Nebo seděli se suchýma očima a jen zírali do stolu.

Gregor schlief kaum, weder nachts noch tagsüber.

Gregor téměř nespal, ani v noci, ani ve dne.

Er dachte oft darüber nach, wie er der Familie helfen könnte.

Často přemýšlel o tom, jak by mohl rodině pomoci.

Er dachte darüber nach, das Geld wieder für sie zu verdienen.

Přemýšlel, jak pro ně znovu vydělat peníze.

Er dachte darüber nach, das zu tun, was er früher für sie getan hatte.

Přemýšlel o tom, co pro ně dělal dříve.

In seinen Gedanken erschien der Bevollmächtigte wieder.

V myšlenkách se vrátil zmocněný zástupce.

Und dieses Mal kam auch der Chef in die Wohnung.

A tentokrát do bytu přišel i šéf.

Und die Angestellten und die Lehrlinge waren auch da.

A úředníci a učni tam byli také.

Sogar der etwas begriffsstutzige Büroangestellte kam, um ihn zu sehen.

Dokonce i ten pomalý úředník ho přišel navštívit.

Es waren zwei oder drei Freunde aus anderen Branchen dabei.

Byli tam dva nebo tři přátelé z jiných podniků.

Eine der Zimmermädchen aus einem Hotel in der Provinz.

Jedna z pokojských z hotelu na venkově.

Eine kostbare und flüchtige Erinnerung, an der er festzuhalten versuchte.

Drahá a prchavá vzpomínka, které se snažil udržet.

Eine Kassiererin aus einem Hutgeschäft, für die er Absichten hatte.

Pokladní z kloboučnictví, pro kterou měl úmysly.

Doch er war etwas zu langsam gewesen, um ihre Zustimmung zu gewinnen.

Ale na to, aby si získal její souhlas, byl trochu příliš pomalý.

Sie alle tauchten in seinen Gedanken auf, vermischt mit Fremden.

Všichni se mu objevovali v myšlenkách, smíchaní s cizími lidmi.

Und andere erschienen nicht; sie waren bereits vergessen.

A další se neobjevili; na ty se už zapomnělo.

Aber sie halfen weder ihm noch seiner Familie.

Ale nepomohli jemu, ani rodině.

Sie waren unzugänglich, und er war froh, als sie weg waren.

Byli nepřístupní a on byl rád, když odešli.

Er war nicht immer in der Stimmung, sich Sorgen um die Familie zu machen.

Ne vždycky měl náladu se starat o rodinu.

Und er war voller Wut über die mangelnde Aufmerksamkeit.

A z nedostatku pozornosti ho naplňoval vztek.

Und er konnte sich nichts vorstellen, worauf er Appetit hätte.

A nedokázal si představit nic, na co by měl chuť.

Doch er schmiedete trotzdem Pläne, in die Speisekammer einzubrechen.
Ale stále plánoval vloupání do spíže.
Und er würde sich alles nehmen, was ihm zustand.
A vezme si všechno, co si zasloužil.
Die Schwester bemühte sich nicht mehr besonders um ihn.
Sestra se o něj už nijak zvlášť nesnažila.
Sie verschwendete keine Zeit mehr damit, darüber nachzudenken, wie sie ihm gefallen könnte.
Už netrávila čas přemýšlením o tom, jak ho potěšit.
Vor der Arbeit schob sie schnell etwas zu essen ins Zimmer.
Před prací rychle vnesla do místnosti nějaké jídlo.
Und am Abend kehrte sie die Essensreste schnell wieder zusammen.
A večer jídlo zase rychle smetla.
Ob er gegessen hatte oder nicht, bemerkte sie nicht mehr.
Už si nevšímala, jestli jedl, nebo ne.
In den meisten Fällen blieb das Essen nun unberührt.
Jídlo teď většinou zůstávalo nedotčené.
Abends huschte sie immer noch schnell durch den Raum.
Večer se stále rychle prohnala místností.
Doch nun tat sie nur das Nötigste, und zwar so schnell wie möglich.
Ale teď udělala to nejnutnější minimum, tak rychle, jak to jen šlo.
An den Mauern zogen sich Spuren von Schmutz entlang.
Po zdech zůstaly stékat šmouhy špíny.
Auf dem Boden lagen Staub- und Müllklumpen.
Na podlaze zůstaly ležet koule prachu a odpadků.
Gregor missbilligte ihre Nachlässigkeit.
Gregor dal najevo svůj nesouhlas s jejím nedostatkem péče.
Er drehte sich in einem besonders markanten Winkel.
Otočil se pod obzvláště významným úhlem.
Aber er hätte wochenlang in dieser Position bleiben können.
Ale mohl v této pozici zůstat celé týdny.
Seine Schwester hätte seine Unzufriedenheit nicht bemerkt.
Jeho sestra by si jeho nespokojenosti nevšimla.

Sie sah den Dreck genauso gut wie er, wenn nicht sogar besser.

Viděla špínu stejně dobře jako on, ne-li lépe.

Aber sie hatte beschlossen, den Dreck dort zu lassen, wo er war.

Ale rozhodla se nechat hlínu tam, kde byla.

Damals entwickelte sie eine völlig neue Sensibilität.

V té době si osvojila zcela novou citlivost.

Sie hatte es sich zur Aufgabe gemacht, Gregors Zimmer zu reinigen.

Udělala si z úklidu Gregorova pokoje svou zodpovědnost.

Die Familie war von ihrer freundlichen Rücksichtnahme sehr berührt.

Rodinu dojala její laskavá ohleduplnost.

Einst hatte die Mutter sein Zimmer gründlich gereinigt.

Matka mu jednou důkladně uklidila pokoj.

Erst nachdem sie mehrere Eimer Wasser verbraucht hatte, gelang es ihr.

Teprve po použití několika kbelíků vody se jí to podařilo.

Die neu aufgetretene Feuchtigkeit im Zimmer schadete Gregor jedoch.

Nová vlhkost v místnosti však Gregorovi škodila.

Und er lag breitbeinig, verbittert und regungslos auf dem Sofa.

A ležel široce roztažený, hořký a nehybný na pohovce.

Doch das war nur ihre erste Strafe für ihre Hilfeleistung.

Ale to byl jen její první trest za pomoc.

Die Schwester bemerkte schnell die Veränderung in Gregors Zimmer.

Sestra si rychle všimla změny v Gregorově pokoji.

Und sie rannte, zutiefst beleidigt, ins Wohnzimmer.

A vběhla do obývacího pokoje, nesmírně uražená.

Ihre Mutter hob die Hände und versuchte, sie zu beschwören.

Její matka zvedla ruce a snažila se ji prosit.

Doch trotz einer aufrichtigen Erklärung brach sie in Tränen aus.

Ale i přes upřímné vysvětlení se rozplakala.

Der Vater erschrak natürlich und fuhr aus seinem Stuhl hoch.

Otec samozřejmě s úlekem vyskočil ze židle.

Und die beiden Eltern schauten fassungslos und hilflos zu.

A oba rodiče se dívali, užasle a bezmocně.

Und schließlich gerieten auch ihre Gefühle in Aufruhr.

A nakonec se i jejich emoce rozvířily.

Der Vater warf der Mutter vor, was sie getan hatte.

Otec matce vyčítal, co udělala.

"Du hättest das Zimmer Grete zum Putzen überlassen sollen."

„Měl jsi nechat pokoj, aby ho Grete uklidila.“

Grete schrie die Mutter an, weil sie sein Zimmer aufgeräumt hatte.

Grete křičela na matku, že mu uklidila pokoj.

„Du darfst sein Zimmer nie wieder putzen!“

"Už nikdy v životě nesmíš uklízet jeho pokoj!"

Die Mutter versuchte, den Vater ins Schlafzimmer zu zerren.

Matka se pokusila otce zatáhnout do ložnice.

Die Schwester blieb zitternd und schluchzend im Zimmer zurück.

Sestra zůstala v pokoji, třásla se a vzlykala.

Und sie hämmerte mit ihren kleinen Fäustchen auf den Tisch.

A bušila pěstičkami do stolu.

Und Gregor zischte sie alle lautstark vor Wut an.

A Gregor na všechny hlasitě zasyčel vzteky.

Warum war niemand auf die Idee gekommen, ihm die Tür zu schließen?

Proč nikoho nenapadlo zavřít před ním dveře?

Sie hätten ihm diesen Anblick und Lärm ersparen können.

Mohli ho ušetřit tohoto pohledu a hluku.

Die Schwester war erschöpft, als sie von der Arbeit nach Hause kam.

Sestra byla po návratu z práce vyčerpaná.

Und die Betreuung von Gregor bedeutete für sie noch mehr Arbeit.

A péče o Gregora pro ni byla ještě větší námaha.

Das bedeutete aber nicht, dass die Mutter es hätte tun sollen.

Ale to neznamenalo, že to matka měla udělat.

Gregor hingegen sollte nicht vernachlässigt werden.

Gregor by na druhou stranu neměl být zanedbáván.

Aber jetzt hatten sie ein neues Dienstmädchen, das solche Dinge tun konnte.

Ale teď měli novou služebnou, která uměla takové věci.

Eine ältere Witwe mit kräftigem Knochenbau.

Starší vdova, která měla robustní kostru.

Eine Statur, die ihr half, ihr schwieriges Leben zu überstehen.

Postava, která jí pomohla přežít její těžký život.

Sie hatte keine wirkliche Abneigung gegen Gregors Erscheinung.

Neměla žádný skutečný odpor k Gregorovu vzhledu.

Sie hatte versehentlich die Tür zu Gregors Zimmer geöffnet.

Omylem otevřela dveře do Gregorova pokoje.

Es geschah nicht aus besonderer Neugierde bezüglich des Zimmers.

Nebylo to z nějaké zvláštní zvědavosti ohledně místnosti.

Sie tat lediglich ihre Arbeit und öffnete dabei zufällig die Tür.

Jen si dělala svou práci a náhodou otevřela dveře.

Gregor war natürlich völlig überrascht von ihr.

Gregor byl z ní samozřejmě naprosto překvapen.

Er wurde nicht verfolgt, aber er rannte hin und her.

Nepronásledovali ho, ale běhal sem a tam.

Und sie verschränkte einfach die Arme und sah ihm beim Krabbeln zu.

A ona si jen založila ruce a sledovala, jak se plazí.

Seitdem hat sie ihm immer einen Spaltbreit die Tür geöffnet.

Od té doby mu vždycky trochu pootevřela dveře.

Eines Morgens schaute sie nach ihm, um zu sehen, wie es ihm ging.

Jednou ráno se podívala, jak se mu daří.

Und am Abend sah sie nach ihm, bevor sie ging.

A večer se na něj podívala, než odešla.

Zuerst versuchte sie auch, ihn zu sich zu rufen.

Nejdříve se ho také snažila zavolat, aby k ní přišel.

„Komm her, du alter Mistkäfer!", pflegte sie zu sagen.

„Pojď sem, starý broku!" říkávala.

Oder sie sagte freundlich: „Schau dir den alten Mistkäfer an!"

Nebo řekla přátelsky: „Podívejte se na toho starého brouka!".

Gregor reagierte nie darauf, wenn man so mit ihm sprach.

Gregor nikdy nereagoval na to, když s ním někdo takhle oslovil.

Er blieb stehen, ohne sich zu rühren, und ignorierte sie.

Zůstal tam bez hnutí a ignoroval ji.

„Wenn man ihr doch nur gesagt hätte, wie man ihre Arbeit richtig macht."

„Kdyby jí jen někdo řekl, jak má správně dělat svou práci."

„Anstatt mich zu belästigen, sollte sie lieber mein Zimmer aufräumen."

„Místo aby mě otravovala, měla by mi uklidit pokoj."

Eines Morgens prasselte ein heftiger Regenguss gegen die Fenster.

Jednou brzy ráno udeřil do oken silný déšť.

Vielleicht war der Regen bereits ein Zeichen für den kommenden Frühling.

Možná už déšť byl známkou přicházejícího jara.

Das Dienstmädchen begann wieder auf diese Weise mit ihm zu sprechen.

Služebná s ním znovu začala mluvit takovým způsobem.

Gregor war so verbittert, dass er sich umdrehte und ihr ins Gesicht sah.

Gregor byl tak rozhořčený, že se k ní otočil čelem.

Er war langsam und gebrechlich, aber es war eine Art Angriff.

Byl pomalý a neschopný, ale byl to tak trochu útok.

Das Dienstmädchen hingegen hatte überhaupt keine Angst vor Gregor.

Služebná se však Gregora vůbec nebála.

Stattdessen hob sie einen Stuhl hoch, der in der Nähe der Tür stand.

Místo toho zvedla židli, která byla blízko dveří.

Und sie stand da, ganz ruhig, mit weit geöffnetem Mund.

A ona tam stála, klidně, s dokořán otevřenými ústy.

Ihre Absichten waren klar, das konnte sogar Gregor erkennen.

Její úmysly byly jasné, dokonce i Gregor to viděl.

Und er drehte sich langsam um und kehrte zu seinem ursprünglichen Platz zurück.

A pomalu se otočil do své původní polohy.

"Sie wollen also nicht näher kommen, oder?"

„Takže se nechceš přiblížit, že ne?"

Und sie stellte den Stuhl leise wieder in die Ecke.

A tiše postavila židli zpátky do rohu.

Gregor aß kaum noch etwas.

Gregor už téměř nic nejedl.

Manchmal blieb er bei seinen Rundgängen im Zimmer stehen.

Někdy se při svých procházkách po místnosti zastavil.

Und er befand sich neben dem für ihn zubereiteten Essen.

A ocitl se vedle jídla, které mu bylo připraveno.

Er steckte sich das Essen in den Mund, aber nur, um damit zu spielen.

Dal si jídlo do pusy, ale jen aby si s ním hrál.

Und nicht selten spuckte er es nach ein paar Stunden wieder aus.

A docela často to po pár hodinách zase vyplivl.

Er versuchte, einen Grund für seinen Appetitverlust zu finden.

Snažil se najít důvod pro svou nechutenství.

Vielleicht, weil er mit dem Zustand seines Zimmers unzufrieden war.

Možná proto, že byl smutný ze stavu svého pokoje.

Aber er hatte sich mit den Veränderungen im Raum abgefunden.

Ale smířil se se změnami v místnosti.

In letzter Zeit hatte sich sein Zimmer in eine Art Abstellraum verwandelt.

Nedávno se z jeho pokoje stala jakási skladiště.

Sie hatten sich angewöhnt, Dinge dort liegen zu lassen.

Zvykli si tam nechávat věci.

Und nun lagen noch viele solcher Dinge in seinem Zimmer.

A v jeho pokoji teď zbylo mnoho takových věcí.

Weil ein Zimmer der Wohnung vermietet worden war.

Protože jeden pokoj v bytě byl pronajatý.

Drei ernsthafte Herren mieteten das Zimmer gemeinsam.

Pokoj si pronajímali společně tři vážní pánové.

Gregor hat sie einmal durch einen Türspalt erblickt.

Gregor si jich jednou všiml škvírou ve dveřích.

Sie trugen Vollbärte und waren penibel gekleidet.

Měli plné vousy a byli pečlivě oblečeni.

Sie achteten penibel darauf, dass alles ordentlich blieb.

Dbalě na to, aby ve všem udržovali pořádek.

Ihr Hang zur Ordnung beschränkte sich nicht nur auf ihr Zimmer.

Jejich důraz na uklizenost se neomezoval jen na jejich pokoj.

Die gesamte Wohnung musste tadellos sauber gehalten werden.

Celý byt musel být udržován v perfektním čistotě.

Sie legten sogar noch mehr Wert auf das Aussehen der Küche.

Ještě více si dělali starosti s tím, jak kuchyň vypadá.

Und unnötigen Unrat konnten sie nicht dulden.

A nemohli tolerovat žádný zbytečný nepořádek.

Sie hatten auch ihre eigenen Möbel mitgebracht.

Také si s sebou přivezli vlastní nábytek.

Aus diesem Grund waren viele Dinge überflüssig geworden.

Z tohoto důvodu se mnoho věcí stalo zbytečným.

Das waren Dinge, für die niemand Geld bezahlen würde.

Byly to věci, za které by nikdo neplatil.

Die Familie wollte diese Dinge aber auch nicht wegwerfen.

Ale rodina se těchto věcí také nechtěla zbavit.

All diese Dinge landeten irgendwo in Gregors Zimmer.

Všechny tyto věci se někam dostaly do Gregorova pokoje.

Der Aschenbecher aus der Küche stand nun in seinem Zimmer.

Popelník z kuchyně teď měl v pokoji.

Und der Müll wurde bis zum Abholtag in seinem Zimmer aufbewahrt.

A odpadky si nechal v pokoji až do dne, kdy se svážel odpad.

Das Dienstmädchen warf alles, was sie nicht brauchte, in sein Zimmer.

Služebná mu do pokoje naházela všechno, co nepotřebovala.

Zum Glück sah er nichts weiter als die Hand und den Gegenstand.

Naštěstí neviděl nic víc než ruku a předmět.

Sie hatte wahrscheinlich vor, die Sachen später abzuholen.

Pravděpodobně se pro ty věci chtěla vrátit později.

Oder vielleicht wollte sie einfach alles auf einmal wegwerfen.

Nebo možná chtěla všechno zahodit najednou.

Doch alles blieb dort, wo es ursprünglich gelandet war.

Všechno však zůstalo tam, kde to původně přistálo.

Es sei denn, Gregor bewegte den Schrott, indem er sich hindurchzwängte.

Ledaže by Gregor s tím haraburdím pohnul tak, že by se jím prohrabal.

Zuerst musste er sich durch den ganzen Schrott hindurchkriechen.

Zpočátku byl nucen prolézat vším tím haraburdím.

Es gab für ihn keine Möglichkeit, dies zu vermeiden.

Neměl žádnou možnost se tomu vyhnout.

Später fand er jedoch tatsächlich Freude an dieser Tätigkeit.

Ale později v této činnosti skutečně nacházel potěšení.

Diese Anstrengung hinterließ ihn jedoch traurig und zutiefst erschöpft.

Ačkoli ho taková námaha zarmoutila a hluboce unavila.

Und danach war er viele Stunden lang bewegungsunfähig.

A poté se mnoho hodin nemohl pohnout.

Die Untermieter aßen manchmal im Wohnzimmer.

Nájemníci někdy jedli v obývacím pokoji.

Die Wohnzimmertür blieb an diesen Abenden geschlossen.

Dveře do obývacího pokoje zůstávaly v ty večery zavřené.

Gregor hatte aber keine Schwierigkeiten, die Tür jetzt nicht zu öffnen.

Ale Gregorovi teď nedělalo problém neotevřet dveře.

Selbst wenn die Tür offen war, schaute er nicht immer hinaus.

I když byly dveře otevřené, ne vždy se díval ven.

Doch er legte sich in die dunkelste Ecke des Zimmers.

Ale on se usadil v nejtemnějším rohu místnosti.

Auch der Familie fiel seine mangelnde Aufmerksamkeit nicht auf.

Ani rodina si jeho nedostatku pozornosti nevšimla.

Doch einmal ließ das Dienstmädchen die Tür offen.

Ale jednou se stalo, že služebná nechala dveře otevřené.

Die Tür blieb auch dann offen, als die Mieter zurückkehrten.

Dveře zůstaly otevřené, i když se nájemníci vrátili.

Und die Tür war offen, als das Licht eingeschaltet wurde.

A dveře byly otevřené, když se rozsvítilo.

Der Mann saß an dem Tisch, an dem die Familie zu Abend aß.

Muž seděl u stolu, kde rodina večeřela.

Vater, Mutter und Gregor saßen dort in früheren Zeiten.

Otec, matka a Gregor tam sedávali v dřívějších dobách.

Sie entfalteten die Servietten und nahmen Messer und Gabeln.

Rozložili ubrousky a vzali si nože a vidličky.

Die Mutter erschien mit einer Schüssel Fleisch in der Tür.

Matka se objevila ve dveřích s miskou masa.

Dann kam die Schwester mit einer Schüssel voller Kartoffeln herein.

Pak vešla sestra s mísou plnou brambor.

Die Untermieter beugten sich über die vor ihnen aufgestellten Schüsseln.

Nájemníci se skláněli nad miskami, které byly před nimi postaveny.

Der dichte Rauch des Essens stieg ihnen bis in die Nasen.

Hustý kouř z jídla jim stoupal až k nosu.

Aber sie hatten noch nicht entschieden, ob sie das Essen essen würden.

Ale ještě se nerozhodli, zda to jídlo sní.

Vielleicht würden sie das Essen zurück in die Küche schicken.

Možná by jídlo poslali zpátky do kuchyně.

Der Mann in der Mitte schien die Autoritätsperson zu sein.

Muž sedící uprostřed se zdál být autoritou.

Er schnitt das Fleisch an, um festzustellen, ob es zart genug war.

Nakrájel maso, aby zjistil, jestli je dostatečně měkké.

Er war zufrieden mit dem Geruch und Aussehen des Essens.

Byl spokojený s tím, jak jídlo vonělo a vypadalo.

Die Mutter und die Schwester hatten sie ängstlich beobachtet.

Matka a sestra je úzkostlivě pozorovaly.

Und sie begannen zu lächeln, begleitet von einem Seufzer der aufgestauten Erleichterung.

A začali se usmívat s povzdechem nahromaděné úlevy.

Die Familie selbst wollte in der Küche essen.

Rodina sama se chystala jíst v kuchyni.

Doch zuerst ging der Vater nach den Untermietern sehen.

Ale nejdříve se otec šel podívat na nájemníky.

Er verbeugte sich einmal und hielt dabei seine Arbeitsmütze in der Hand.

Jednou se uklonil a v ruce držel čepici z práce.

Und er ging einmal im Kreis um den Tisch herum, zu jedem Gast.

A obešel stůl, ke každému hostovi

Die Untermieter standen alle auf und murmelten in ihre Bärte.

Všichni nájemníci vstali a mumlali si do vousů.

Nachdem er gegangen war, aßen sie in fast völliger Stille.

Poté, co odešel, jedli téměř v naprostém tichu.

Gregor fand es seltsam, dass er Kaugeräusche hörte.

Gregorovi se zdálo zvláštní, že slyší žvýkání.

Kein anderer Aspekt des Essens schien Geräusche zu verursachen.

Žádný jiný aspekt jídla se nezdál být slyšet.

Aber er konnte deutlich hören, wie Zähne aufeinander knirschten.

Ale zřetelně slyšel skřípání zubů.

Sie schienen ihm sagen zu wollen, dass er Zähne zum Essen brauche.

Zdálo se, že mu říkají, že k jídlu potřebuje zuby.

"Ohne Zähne im Kiefer kann man gar nichts machen."

"Nemůžeš dělat nic, když máš bezzubé čelisti."

„Ich möchte etwas essen", sagte Gregor ängstlich.

„Rád bych si něco dal," řekl Gregor úzkostlivě.

„Aber ich habe keinen Appetit auf das, was ihr alle esst."

„Ale na to, co všichni jíte, nemám chuť."

„Seht euch an, wie diese Mieter essen, und ich verhungere hier."

„Podívejte se, jak tito nájemníci jedí, a já tady umírám hlady."

Gregor dachte an diesem Abend zufällig an die Geige.

Gregor ten večer náhodou pomyslel na housle.

Er hatte die Geige seit der Verwandlung nicht mehr gehört.

Od té proměny neslyšel housle.

Doch dann, an diesem Abend, ertönte ein Geräusch aus der Küche.

Ale pak, dnes večer, se z kuchyně ozval zvuk.

Die Herren hatten ihr Abendessen bereits beendet.

Pánové už dojedli večeři.

Der mittlere Herr hatte begonnen, eine Zeitung zu lesen.

Prostřední pán začal číst noviny.

Den beiden anderen Herren hatte er jeweils ein Blatt gegeben.

Dvěma dalším pánům dal každému prostěradlo.

Und nun lehnten sie sich zurück, lasen und rauchten.

A teď se opírali, četli si a kouřili.

Als die Geige zu spielen begann, wurden sie aufmerksam.

Když začaly hrát housle, začali pozorně sledovat.

Sie standen auf und gingen auf Zehenspitzen zur Tür des Vorzimmers.

Vstali a po špičkách šli ke dveřím předsíně.

Hier standen sie eng beieinander und lauschten an der Tür.

Stáli tu schoulení k sobě a naslouchali u dveří.

Die Familie muss die Männer aus der Küche gehört haben.

Rodina musela slyšet muže z kuchyně.

Denn der Vater rief sie und fragte sie:

Protože otec na ně zavolal a zeptal se jich;

"Ist die Geige für die Herren vielleicht unbequem?"

„Nejsou snad housle pro pány nepohodlné?"

„Wenn Ihnen die Musik nicht gefällt, können wir sofort aufhören."

„Jestli se ti hudba nelíbí, můžeme okamžitě přestat."

„Im Gegenteil", sagte der mittlere der beiden Herren.

„Naopak," řekl prostřední z pánů.

Möchte die junge Dame in unserem Zimmer Geige spielen?

"Chtěla by si slečna zahrát na housle v našem pokoji?"

„Hier ist es definitiv viel komfortabler und gemütlicher."

"Je to tu rozhodně mnohem pohodlnější a útulnější."

Der Vater antwortete, als wäre er selbst der Geiger.

Otec odpověděl, jako by byl sám houslistou.

"Oh bitte, das wäre wunderbar", rief der Vater.

„Prosím, to by bylo skvělé," zvolal otec.

Die Herren kehrten ins Wohnzimmer zurück und warteten.

Pánové se vrátili do obývacího pokoje a čekali.

Bald darauf kam der Vater mit dem Notenständer ins Zimmer.

Brzy vešel do místnosti otec s notovým pultem.

Die Mutter kam mit dem Notenbuch ins Zimmer.

Matka vešla do pokoje s notovou knihou.

Und die Schwester kam mit der Geige ins Zimmer.

A sestra vešla do místnosti s houslemi.

Sie bereitete in aller Ruhe alles vor, um Geige zu spielen.

Klidně si všechno připravila na hru na housle.

Die Eltern übertrieben ihre Höflichkeit und ihr Benehmen.

Rodiče přeháněli svou zdvořilost a chování.

Sie hatten zuvor noch nie Zimmer an Untermieter vermietet.

Nikdy předtím nepronajímali pokoje nájemníkům.

Und sie trauten sich nicht einmal, auf ihren eigenen Stühlen zu sitzen.

A ani si neodvážili sednout na vlastní židle.

Statt sich hinzusetzen, lehnte sich der Vater gegen die Tür.

Místo aby se posadil, se otec opřel o dveře.

Seine rechte Hand befand sich zwischen zwei Knöpfen seines Mantels.

Pravou ruku měl mezi dvěma knoflíky kabátu.

Der Mutter wurde jedoch von einem Herrn ein Stuhl angeboten.

Matce však jeden pán nabídl židli.

Aber sie setzte sich an die Stelle, wo der Herr den Stuhl hingestellt hatte.

Ale seděla tam, kam pán postavil židli.

Und er hatte den Stuhl nicht an einem bestimmten Ort aufgestellt.

A židli neumístil na žádné konkrétní místo.

So saß die Mutter abseits von allen anderen in einer Ecke.

Matka si tedy sedla stranou od všech, do rohu.

Und schließlich begann die Schwester Geige zu spielen.

A konečně sestra začala hrát na housle.

Die Eltern auf den gegenüberliegenden Seiten beobachteten das Geschehen aufmerksam.

Rodiče na opačných stranách bedlivě sledovali situaci.

Und sie beobachteten jede Bewegung ihrer Hand genau.

A pečlivě sledovali každý pohyb její ruky.

Gregor war auch vom Geigenspiel fasziniert.

Gregora také přitahovala hra na housle.

Und er wagte sich ein Stück weiter aus seinem Zimmer hinaus.

A odvážil se ze svého pokoje o kousek dál.

Er hatte den Kopf schon im Wohnzimmer.

Už byl s hlavou v obývacím pokoji.

Er war stets sehr stolz darauf, besonders rücksichtsvoll zu sein.

Býval velmi pyšný tím, že byl velmi ohleduplný.

Doch in letzter Zeit hinterfragte er seine Nachlässigkeit kaum noch.

Ale v poslední době o svém nedostatku péče téměř nezpochybňoval.

Auch wenn er jetzt mehr Grund hatte, sich zu verstecken als zuvor.

I když teď měl víc důvodů se schovávat než dřív.

Weil sein Zimmer mit Staub und allerlei Schmutz bedeckt war.

Protože jeho pokoj byl pokrytý prachem a různou špínou.

Die geringste Bewegung wirbelte allerlei Schmutz auf.

Sebemenší pohyb zvířil nejrůznější špínu.

Der ganze Dreck klebte an ihm: Staub, Haare, Essensreste.

Všechna ta špína se na něm lepila; prach, vlasy, zbytky jídla.

Er hätte den Schmutz am Teppich abreiben können.

Mohl tu špínu setřít o koberec.

Das tat er mehrmals täglich.

Tohle dělal několikrát denně.

Doch seine Gleichgültigkeit gegenüber allem war viel zu groß.

Ale jeho lhostejnost ke všemu byla až příliš velká.

Deshalb hatte er keine Angst, noch ein Stück weiterzugehen.

Takže se nebál posunout o kousek dál.

Und er betrat den makellosen Wohnzimmerboden.

A přesunul se na bezvadnou podlahu obývacího pokoje.

Doch niemand bemerkte ihn oder schenkte ihm Beachtung.

Nikdo si ho však nevšiml, ani mu nevěnoval pozornost.
Die Familie war völlig in das Konzert vertieft.
Rodina byla koncertem zcela pohlcena.
Die Herren hingegen zogen sich zunächst zurück.
Pánové naopak zpočátku ustoupili.
Und sie standen dicht hinter dem Notenständer der Schwester.
A stáli těsně za sestřiným notovým pultem.
Wenn sie hingesehen hätten, hätten sie die Noten sehen können.
Kdyby se podívali, mohli vidět noty.
Dies hätte die Schwester natürlich beunruhigt.
To by samozřejmě sestru znepokojilo.
Dann blieben sie am Fenster stehen, anstatt sich hinzusetzen.
Pak se postavili k oknu, místo aby si sedli.
Mit den Händen in den Taschen redeten sie weiter.
S rukama v kapsách nepřestávali mluvit.
Sie blieben dort, während der Vater ängstlich zusah.
Zůstali tam, zatímco je otec úzkostlivě pozoroval.
Man hatte den Eindruck, dass sie andere Erwartungen hatten.
Člověk měl dojem, že měli jiná očekávání.
Und es schien wirklich so, als wären sie enttäuscht gewesen.
A opravdu se zdálo, že byli zklamaní.
Es schien, als hätten sie genug von der Vorstellung.
Zdálo se, že už měli toho výkonu dost.
Sie hatten zugelassen, dass die Geige ihren Frieden störte.
Dovolili, aby housle narušily jejich klid.
Und sie tolerierten die Musik nur aus Höflichkeit.
A hudbu tolerovali jen ze zdvořilosti.
Besonders beunruhigend war, wie sie den Rauch wegbliesen.
To, jak odfoukli kouř, bylo obzvláště znepokojivé.
Und dennoch spielte sie so wunderschön Geige.
A přesto hrála na housle tak krásně.
Ihr Gesicht war leicht zur Seite geneigt, auf der Geige.

Její tvář byla jemně nakloněna na stranu, na houslích.
Ihr Blick wanderte traurig die Notenlinien entlang.
Její oči smutně pátraly po notových liniích.
Gregor fühlte sich ein wenig mehr ins Wohnzimmer hineingezogen.
Gregor se cítil trochu víc vtažen do obývacího pokoje.
Er hielt den Kopf dicht am Boden, blickte aber nach oben.
Držel hlavu blízko země, ale díval se vzhůru.
Vielleicht würde sich so der Blick seiner Schwester mit seinem treffen.
Možná by se takhle mohl setkat pohled jeho sestry s jeho očima.
Kann man wirklich sagen, dass er nur ein Tier war?
Dá se opravdu říct, že byl jen zvíře?
War er etwa ein Tier, wenn ihn Musik so fesseln konnte?
Byl snad zvířetem, když ho hudba dokázala tak uchvátit?
Er hatte das Gefühl, ihm sei ein Weg zu unbekannter Nahrung gezeigt worden.
Cítil se, jako by mu byla ukázána cesta k neznámé výživě.
Vielleicht war dies die Nahrung, die ihm fehlte.
Možná to byla právě ta obživa, která mu chyběla.
Er war fest entschlossen, zu seiner Schwester zu gelangen.
Byl odhodlaný vydat se ke své sestře.
Er wollte an ihrem Rock zupfen, um ihre Aufmerksamkeit zu erregen.
Chtěl ji zatáhnout za sukni, aby upoutal její pozornost.
Er wollte ihr eine Art Einladung signalisieren.
Chtěl jí naznačit pozvání.
„Komm und spiel Geige in meinem Zimmer", wollte er sagen.
„Pojď si zahrát na housle do mého pokoje," chtěl říct.
Er wollte, dass sie für ihre wunderschöne Musik belohnt wird.
Chtěl, aby byla odměněna za její krásnou hudbu.
"Niemand hier belohnt dich dafür, dass du Geige spielst."
„Nikdo tě tady neodměňuje za to, že hraješ na housle."
Er wollte sie nicht mehr aus seinem Zimmer lassen.

Už ji nechtěl pustit ze svého pokoje.

Er wollte, dass sie so lange bei ihm blieb, wie er lebte.

Chtěl, aby s ním zůstala tak dlouho, jak bude žít.

Zum ersten Mal hatte seine Verwandlung einen Vorteil.

Poprvé jeho proměna měla prospěch.

Seine Missbildung würde ihm nun endlich noch von Nutzen sein.

Jeho deformace se mu konečně měla stát užitečnou.

Er wollte gleichzeitig an allen vier Türen sein.

Chtěl být u všech čtyř dveří současně.

Er wollte sie von allen Seiten anfauchen und anspucken.

Chtěl na ně syčet a plivat ze všech stran.

Seine Schwester sollte nicht gezwungen werden, bei ihm zu bleiben.

Jeho sestra by neměla být nucena s ním zůstat.

Er wollte, dass sie sich freiwillig dafür entschied, bei ihm zu bleiben.

Chtěl, aby se dobrovolně rozhodla s ním zůstat.

Sie wollte sich neben ihn setzen und sich zu ihm hinunterbeugen.

Chtěla si sednout vedle něj a sklonit se k němu.

Und er wollte ihr von der Musikschule erzählen.

A chystal se jí říct o hudební škole.

Er hatte die feste Absicht, sie auf die Akademie zu schicken.

Měl pevný úmysl poslat ji na akademii.

Das hätte er allen schon letztes Weihnachten erzählt.

Řekl by o tom všem o minulých Vánocích.

War Weihnachten etwa schon wieder vorbei?

Opravdu už Vánoce přišly a zase odešly?

Und er hätte sich von niemandem davon abbringen lassen.

A nenechal by se nikým odradit od toho.

Doch dann setzte das Unglück allem ein Ende.

Pak ale všechno zastavila nešťastná nehoda.

Die Schwester wäre von ihren Gefühlen überwältigt gewesen.

Sestru by přemohly emoce.

Und dann wäre Gregor bis auf ihre Schulter geklettert.

A pak by jí Gregor vylezl až na rameno.
Und er hätte sie getröstet, indem er ihren Hals geküsst hätte.
A utěšil by ji políbením na krk.
„Herr Samsa!", rief der Mann in der Mitte dem Vater zu.
„Pane Samso!" zavolal muž uprostřed na otce.
Er zeigte mit dem Zeigefinger nach unten auf Gregor.
Ukazoval ukazováčkem dolů na Gregora.
Gregor bewegte sich langsam über den Wohnzimmerboden.
Gregor se pomalu pohyboval po podlaze obývacího pokoje.
Das Geigenspiel verstummte sehr schnell.
Hra na housle velmi rychle utichla.
Der mittlere der drei Männer lächelte seine Freunde an.
Prostřední ze tří mužů se na své přátele usmál.
Dann schüttelte er den Kopf und blickte zurück zu Gregor.
Pak zavrtěl hlavou a podíval se zpět na Gregora.
**Der Vater hätte Gregor zurück in sein Zimmer schicken
können.**
Otec mohl Gregora donutit vrátit se do jeho pokoje.
**Das war jedoch nicht die erste Maßnahme, zu der er sich
entschloss.**
Ale to nebyl první krok, pro který se rozhodl.
Er hielt es für wichtiger, die Herren zu beruhigen.
Myslel si, že důležitější je uklidnit pány.
**Obwohl sie von Gregor eigentlich überhaupt nicht verärgert
waren.**
I když je Gregor vůbec nerozčiloval.
Gregor schien unterhaltsamer als das Geigenspiel.
Gregor se zdál zábavnější než hra na housle.
Er eilte mit ausgestreckten Armen auf sie zu.
S rozpaženýma rukama se k nim rozběhl.
Er gab sein Bestes, um ihren Blick auf Gregor zu verbergen.
Snažil se ze všech sil zakrýt jejich pohled na Gregora.
**Und er versuchte, sie zur Rückkehr in ihr Zimmer zu
bewegen.**
A snažil se je povzbudit, aby se vrátili do svého pokoje.
Das hat sie eher ein wenig verärgert.
Spíše je to trochu naštvalo.

Es war aber schwer zu sagen, was genau sie störte.
Ale bylo těžké říct, co přesně je naštvalo.
Der Vater verdarb die abendliche Unterhaltung.
Otec kazil zábavu večera.
Aber sie hatten auch gerade erst von ihrem neuen Mitbewohner erfahren.
Ale také se právě dozvěděli o svém novém spolubydlícím.
Sie hoben die Hände, genau wie der Vater es getan hatte.
Zvedli ruce stejně jako to udělal otec.
Sie verlangten vom Vater eine sofortige Erklärung.
Požadovali od otce okamžité vysvětlení.
Sie zupften unruhig an ihren Bärten, um eine Antwort zu bekommen.
Neklidně si tahali za vousy, aby se dozvěděli odpovědi.
Und sie bewegten sich rückwärts in ihr Zimmer, aber sehr langsam.
A couvali do svého pokoje, ale velmi pomalu.
Die Unterbrechung hatte die Schwester in eine Trance versetzt.
Vyrušení uvedlo sestru do transu.
Sie ließ Geige und Bogen an ihrer Seite herabhängen.
Nechala housle a smyčec viset podél těla.
Und sie blickte auf die Notenblätter, als ob sie immer noch spielen würde.
A dívala se na notový zápis, jako by stále hrál.
Doch dann zog sie sich plötzlich wieder ins Zimmer zurück.
Ale pak se náhle vrátila zpátky do místnosti.
Und sie hatte nun das Gefühl, verloren zu sein, überwunden.
A teď už překonala pocit ztracenosti.
Sie legte das Musikinstrument auf den Schoß ihrer Mutter.
Položila hudební nástroj matce na klín.
Die Mutter saß schwer atmend auf dem Stuhl.
Matka seděla na židli a těžce oddechovala.
Und dann musste die Schwester ins Nebenzimmer rennen.
A pak sestra musela běžet do vedlejší místnosti.
Sie musste alles für die Herren vorbereiten.

Musela pro pány připravit všechno.
Sie warf die Decken und Kissen in die Luft.
Vyhodila deky a polštáře do vzduchu.
Und mit ihren geschickten Händen richtete sie die gesamte Bettwäsche her.
A svýma šikovnýma rukama ustlala veškeré ložní prádlo.
Sie war schon fertig, bevor die Herren den Raum erreichten.
Dokončila dřív, než pánové dorazili do místnosti.
Und sie verschwand, bevor sie ihnen in die Quere kam.
A vyklouzla ven, než se jim dostala do cesty.
Der Vater schien von seiner eigenen Sturheit beherrscht zu sein.
Otec se zdál být ovládnut vlastní tvrdohlavostí.
Und so vergaß er jeglichen Respekt, den er seinen Mietern schuldete.
A tak zapomněl na veškerou úctu, kterou dlužil svým nájemníkům.
Er drängte und drängte, bis deren Sprecher Einspruch erhob.
Tlačil a tlačil, dokud jejich mluvčí neprotestoval.
Als er die Tür erreichte, stampfte er wütend mit dem Fuß auf.
Když došel ke dveřím, rozzlobeně dupl nohou.
Und damit brachte er den Vater zum Schweigen.
A tím otce zarazil.
„Hiermit erkläre ich", begann er sich an seinen Vermieter zu wenden.
„Tímto prohlašuji," začal se obracet ke svému hostinskému.
Und er hob die Hand und blickte die ganze Familie an.
A zvedl ruku a podíval se na celou rodinu.
„Hinsichtlich der widerlichen Zustände im Zimmer;"
„Pokud jde o nechutné podmínky v místnosti;"
Und er sorgte dafür, dass alle seinen Worten zuhörten.
A ujistil se, že všichni naslouchají jeho slovům.
"Hiermit kündige ich meinen Auszug aus meinem Zimmer."
"Tímto oznamuji, že vyklidím svůj pokoj."
Und er unterstrich seine Aussage zusätzlich, indem er auf den Boden spuckte.

A svůj argument dále podpořil plivnutím na zem.

„Auch die Tage, die ich hier gelebt habe, werde ich nicht bezahlen."

„Ani nezaplatím za dny, které jsem tady prožil."

Mit dieser Rückerstattung war er allerdings nicht ganz zufrieden.

S touto náhradou však nebyl zcela spokojen.

„Und ich werde erwägen, weitere Forderungen an Sie zu stellen."

„A zvážím, zda na vás vznesu další požadavky."

„Glauben Sie mir, solche Forderungen lassen sich sehr leicht rechtfertigen."

„Věřte mi, že takové požadavky se budou velmi snadno ospravedlnit."

Er schwieg und blickte den Vater direkt an.

Mlčel a díval se přímo před sebe na otce.

Er schien zu erwarten, dass noch etwas passieren würde.

Zdálo se, že čeká, že se stane něco víc.

Tatsächlich hatten seine beiden Freunde sofort die gleiche Idee.

Vlastně jeho dva přátelé okamžitě dostali stejný nápad.

„Wir stornieren auch unsere Zimmer", sagten sie unisono.

„Také rušíme naše pokoje," řekli jednohlasně.

Dann packte er den Türgriff und schloss die Tür.

Pak chytil kliku a zavřel dveře.

Und mit einem lauten Knall schlossen sie sich in ihrem Zimmer ein.

A s hlasitou ránu se zavřeli ve svém pokoji.

Der Vater taumelte mit tastenden Händen zu seinem Stuhl.

Otec se s roztřesenýma rukama potácel k židli.

Und er ließ sich besiegt in den Stuhl fallen.

A poraženě se zřítil do křesla.

Es sah so aus, als ob er seinen üblichen Abendschlaf halten würde.

Vypadalo to, jako by si šel zdřímnout jako obvykle večer.

Sein Kopf nickte jedoch fast so, als ob er nicht gestützt würde.

Ale jeho hlava přikývla, jako by neměla žádnou oporu.

Und man konnte sehen, dass er überhaupt nicht schlief.

A bylo vidět, že vůbec nespal.

Während all dem hatte Gregor sich nicht von der Stelle gerührt.

Po celou tu dobu se Gregor nepohnul z místa.

Er befand sich noch immer an der Stelle, wo die Herren ihn zuerst gesehen hatten.

Stále byl tam, kde ho pánové poprvé viděli.

Selbst wenn er umziehen wollte, fand er es unmöglich.

I kdyby se chtěl pohnout, zjistil, že je to nemožné.

Entweder aus Enttäuschung oder aus Hunger.

Kvůli svému zklamání, nebo kvůli svému hladu.

Er war enttäuscht über das Scheitern seines Plans.

Byl zklamaný z neúspěchu svého plánu.

Und er war geschwächt von dem anhaltenden Hunger, den er verspürte.

A byl slabý z dlouhodobého hladu, který cítil.

Er war sich sicher, dass sich jeden Moment alle gegen ihn wenden würden.

Byl si jistý, že se proti němu každou chvíli všichni obrátí.

In Erwartung des unmittelbar bevorstehenden Zusammenbruchs wartete er.

S tímto očekáváním bezprostředního zhroucení čekal.

Die Geige begann vom Schoß der Mutter zu rutschen.

Housle začaly matce sklouzávat z klína.

Mit einem ohrenbetäubenden Geräusch fiel die Geige zu Boden.

S dunivým zvukem housle dopadly na zem.

Doch selbst dieses plötzliche Krachen ließ ihn nicht erschrecken.

Ale ani tento náhlý třesk ho nevylekal.

„Liebe Eltern", sagte die Schwester, „so kann es nicht weitergehen."

„Drazí rodiče," řekla sestra, „takhle tohle nemůže pokračovat."

Und um ihrer Aussage Nachdruck zu verleihen, schlug sie mit der Hand auf den Tisch.

A práskla rukou do stolu, aby dala najevo svůj názor.

"Ich werde den Namen meines Bruders vor diesem Monster nicht aussprechen."

„Před touhle zrůdou nevyslovím jméno svého bratra."

„Deshalb sage ich es so deutlich wie möglich:"

„Proto to říkám tak otevřeně, jak jen to jde:"

„Uns bleibt keine andere Wahl, als dieses Tier loszuwerden."

"Nemáme jinou možnost, než se toho zvířete zbavit."

„Wir haben unser Bestes getan, um dieses Tier zu tolerieren und zu pflegen."

"Snažili jsme se ze všech sil tolerovat toto zvíře a starat se o něj."

„Ich glaube nicht, dass uns irgendjemand auch nur im Geringsten die Schuld geben kann."

"Myslím, že nás nikdo nemůže ani v nejmenším vinit."

„Sie hat tausendfach Recht", stimmte der Vater zu.

„Má tisíckrát pravdu," souhlasil otec.

Die Mutter hatte noch immer nicht wieder richtig Luft bekommen.

Matka se stále ještě úplně nezotavila z dechu.

Sie begann dumpf in ihre Hand zu husten und atmete schwer.

Začala tupě kašlat do ruky a těžce oddechovala.

Und in ihren Augen begann sich ein wahnsinniger Ausdruck abzuzeichnen.

A v jejích očích se začal objevovat šílený výraz.

Die Schwester eilte zu ihrer Mutter und hielt sich die Stirn.

Sestra se vrhla k matce a chytila ji za čelo.

Der Vater schien von den Worten der Schwester inspiriert zu sein.

Otec se zdál být inspirován slovy sestry.

Und seine Gedanken schienen klarer als zuvor.

A jeho myšlenky se zdály být jasnější než dříve.

Er hörte auf, mit dem Kopf zu nicken, und setzte sich wieder aufrecht hin.

Přestal přikyvovat hlavou a znovu se posadil.

Und er spielte, in tiefes Nachdenken versunken, mit der Mütze seines Dieners.

A hrál si s čepicí svého sluhy, hluboce zamyšlený.

Die Teller der Mieter standen noch auf dem Tisch.

Talíře od nájemníků byly stále na stole.

Und manchmal blickte er zu dem schweigenden Gregor hinüber.

A občas se podíval směrem k mlčenlivému Gregorovi.

„Wir müssen versuchen, es loszuwerden", sagte die Schwester zu ihm.

„Musíme se toho pokusit zbavit," řekla mu sestra.

Die Mutter war zu sehr mit Husten beschäftigt, um zuzuhören.

Matka byla příliš zaneprázdněná kašláním, než aby poslouchala.

„Das wird euch beide umbringen, ich sehe es schon kommen."

„Zabije vás to oba, už to vidím."

„Wir können nicht alle weiterhin so hart arbeiten wie bisher."

"Nemůžeme všichni dál pracovat tak tvrdě, jako pracujeme."

„Und jeden Tag müssen wir nach Hause kommen und diese Qualen erleiden."

„A každý den se musíme vracet domů k tomuto mučení."

„Wir können das nicht mehr ertragen. Ich kann das nicht mehr ertragen."

„Už to dál nevydržíme. Já to nevydržím."

In einem letzten Tränenausbruch sank sie ihrer Mutter in die Arme.

V posledním záchvatu pláče padla k matce.

Die Tränen rannen ihr über das Gesicht und auf das ihrer Mutter.

Slzy jí stékaly po tváři a dopadaly na matčinu.

Und mit einer mechanischen Bewegung wischte sie sich die Tränen weg.

A mechanickým pohybem si setřela slzy.

„Mein Kind", sagte der Vater mitfühlend.

„Dítě moje," řekl otec soucitným hlasem.

In seiner Stimme lag tiefes Mitgefühl und Verständnis.

V jeho hlase zazněl hluboký soucit a pochopení.

„Aber was sollen wir tun?", gestand er und gab zu, es nicht zu wissen.

„Ale co bychom měli dělat?" přiznal, že neví.

Die Schwester zuckte nur hilflos mit den Schultern.

Sestra jen bezmocně pokrčila rameny.

Und ihr anfängliches Selbstvertrauen wich erneut Tränen.

A její dřívější sebevědomí opět vystřídaly slzy.

„Wenn er uns doch nur verstehen würde", sagte der Vater laut.

„Kéž by nám jen rozuměl," řekl otec nahlas.

Und er fragte sich halb, ob Gregor es vielleicht verstanden hatte.

A téměř se ptal, jestli Gregor možná rozumí.

Die Schwester schüttelte unter Tränen heftig die Hand.

Sestra jí jen s pláčem prudce potřásla rukou.

Und so signalisierte sie, dass man diese Idee gar nicht erst in Erwägung ziehen sollte.

A tak naznačila, že by se o této myšlence nemělo uvažovat.

„Aber wenn er uns doch nur verstehen würde", wiederholte der Vater.

„Ale kdyby nám jen rozuměl," opakoval otec.

Er schloss die Augen und dachte über die Antwort seiner Schwester nach.

Zavřel oči a přemýšlel o sestřině odpovědi.

"Wenn er verstünde, dass eine Vereinbarung mit ihm getroffen werden könnte."

„Kdyby pochopil, dala by se s ním dohoda."

„Aber unter den gegebenen Umständen…"

„Ale když jsou věci takové, jaké jsou…"

„Es muss weg!", rief die Schwester, „es ist der einzige Weg."

„Musí to pryč," zvolala sestra, „je to jediná cesta."
„Du musst den Gedanken loswerden, dass es Gregor ist."
„Musíš se zbavit myšlenky, že je to Gregor."
„Dass wir das so lange geglaubt haben, ist unser eigentliches Unglück."
„Že jsme tomu tak dlouho věřili, je naše skutečné neštěstí."
„Aber wie kann es Gregor sein?", fragte sie ihren Vater.
„Ale jak by to mohl být Gregor?" zeptala se otce.
„Er wusste, dass ein solches Tier nicht mit Menschen zusammenleben kann."
„Věděl, že takové zvíře nemůže koexistovat s lidmi."
„Gregor hätte uns schon längst freiwillig verlassen."
„Gregor by nás už dávno opustil, dobrovolně."
„Das stimmt, dann hätten wir keinen Bruder mehr."
„To je pravda, pak bychom neměli bratra."
„Aber wir könnten weiterleben und sein Andenken ehren."
„Ale mohli bychom dál žít a ctít jeho památku."
„Aber dieses Ungeheuer verfolgt uns und vertreibt unsere Pächter."
„Ale tahle bestie nás pronásleduje a odhání naše nájemníky."
„Es will ganz offensichtlich die ganze Wohnung in Besitz nehmen."
"Je zřejmé, že chce obsadit celý byt."
„Dieses Biest will, dass wir auf der Straße schlafen."
„Tahle bestie nás chce nechat spát na ulici."
"Schau, Vater", rief sie plötzlich, "er bewegt sich schon wieder!"
„Podívej, otče," zvolala náhle, „zase se hýbe!"
Und sie tat etwas, das selbst Gregor nicht verstehen konnte.
A udělala něco, čemu ani Gregor nemohl porozumět.
Sie stieß sich von sich selbst ab, als wolle sie die Mutter opfern.
Odstrčila se, jako by obětovala matku.
Und sie rannte hinter ihrem Vater her, um sich in Sicherheit zu bringen.
A běžela za svým otcem, aby se uchýlila k nějakému bezpečí.

Der Vater war nur deshalb so aufgebracht, weil seine
Tochter es war.
Otec byl rozrušený jen proto, že byla rozrušená i jeho dcera.
Doch dann stand auch er auf und hob die Arme über sie.
Ale pak se také postavil a zvedl nad ni ruce.
Gregor hatte jedoch keinerlei Absicht gehabt,
irgendjemanden zu erschrecken.
Gregor ale neměl v úmyslu nikoho vyděsit.
Er hatte insbesondere nicht die Absicht, seine Schwester zu
erschrecken.
Zvlášť ho nenapadlo vyděsit svou sestru.
Er wollte sich gerade umdrehen und zurück in sein Zimmer
gehen.
Jen se snažil otočit zpátky do svého pokoje.
Doch in seinem sich verschlechternden Zustand war selbst
das schwierig.
Ale v jeho zhoršujícím se stavu bylo i to obtížné.
Und er konnte seine Beine nicht mehr vollumfänglich
nutzen.
A už nemohl plně využívat všechny své nohy.
Also benutzte er seinen Kopf, um seinen Körper anzuheben
und sich umzudrehen.
Takže použil hlavu k zvedání těla a otáčení.
Er hielt inne und suchte in der Familie nach deren
Zustimmung.
Odmlčel se a rozhlédl se kolem sebe, čeká ho souhlas rodiny.
Seine guten Absichten schienen erkannt worden zu sein.
Zdálo se, že jeho dobrý úmysl byl rozpoznán.
Seine Bewegung hatte sie nur kurzzeitig erschreckt.
Jeho pohyb pro ně byl jen chvilkovým šokem.
Nun blickten sie ihn alle in unglücklichem Schweigen an.
Teď se na něj všichni dívali v nešťastném tichu.
Die Mutter lag noch immer erschöpft im Sessel.
Matka stále vyčerpaně ležela v křesle.
Vater und Schwester saßen nebeneinander.
Otec a sestra seděli vedle sebe.
»Vielleicht lassen sie mich jetzt umdrehen«, dachte Gregor.

„Možná mě teď nechají otočit," pomyslel si Gregor.

Und er setzte seine unbeholfene Drehbewegung fort.

A pokračoval ve svém neohrabaném otáčení.

Er konnte die gelegentlichen Atemzüge der Anstrengung nicht unterdrücken.

Nedokázal potlačit občasné vzdechy z námahy.

Und er war gezwungen, zwischendurch ein paar Mal Pausen einzulegen.

A mezi tím byl nucen si párkrát odpočinout.

Niemand drängte ihn jetzt zur Eile; es lag ganz bei ihm.

Nikdo ho teď nenutil spěchat; bylo to na něm.

Schließlich vollendete er die langsame und schmerzhafte Drehung.

Nakonec dokončil pomalou a bolestivou zatáčku.

Er machte sich sofort auf den Weg zurück in sein Zimmer.

Okamžitě se začal vracet rovnou do svého pokoje.

Er war erstaunt darüber, wie weit er von seinem Zimmer entfernt war.

Byl ohromen tím, jak daleko byl od svého pokoje.

Wie war er trotz seiner Schwäche zuvor dorthin gelangt?

Jak se tam, i přes svou slabost, dostal už dříve?

Er war fast denselben Weg gegangen, ohne es zu bemerken.

Šel téměř stejnou cestou, aniž by si toho všiml.

Er konzentrierte sich jetzt nur noch darauf, so schnell wie möglich zu krabbeln.

Soustředil se jen na to, aby se plazil tak rychle, jak jen mohl.

Das Ausbleiben von Kommentaren störte ihn nicht.

Absence komentářů od kohokoli ho nerušila.

Erst als er schon in der Tür war, drehte er den Kopf.

Teprve když už byl ve dveřích, otočil hlavu.

Aber er konnte sich nicht vollständig umdrehen und zurückblicken.

Ale nedokázal se otočit a úplně se ohlédnout.

Denn er spürte, wie sich sein Nacken beim Umdrehen noch mehr versteifte.

Protože cítil, jak mu při otočení ještě víc ztuhl krk.

Doch er sah, dass sich hinter ihm ohnehin nichts verändert hatte.

Ale viděl, že se za ním stejně nic nezměnilo.

Der einzige Unterschied war, dass seine Schwester aufgestanden war.

Jediný rozdíl byl v tom, že se jeho sestra postavila.

Sein letzter Blick verriet ihm, dass seine Mutter eingeschlafen war.

Jeho poslední pohled ukázal, že jeho matka usnula.

Sobald er in seinem Zimmer war, wurde die Tür geschlossen.

Jakmile byl ve svém pokoji, dveře se zavřely.

Und sobald die Tür geschlossen war, wurde der Schrank verriegelt.

A jakmile se dveře zavřely, zámek byl zamčený.

Gregor erschrak über das unerwartete Geräusch hinter ihm.

Gregora vyděsil nečekaný hluk za ním.

Und vor lauter Überraschung knickten seine Beine unter ihm ein.

A nohy se mu pod tím náhlým překvapením podlomily.

Es war seine Schwester, die hinter ihm zur Tür geeilt war.

Byla to sestra, která se za ním rozběhla ke dveřím.

Sie stand bereits aufrecht da und wartete auf ihn.

Už tam stála vzpřímeně a čekala na něj.

Dann machte sie einen leichten Sprung nach vorn, ohne dass Gregor es hörte.

Pak lehce skočila vpřed, aniž by ji Gregor slyšel.

"Endlich!", rief sie laut, als sie den Schlüssel umdrehte.

„Konečně!" zvolala nahlas a otočila klíčem.

„Was nun?", fragte sich Gregor, allein in der Dunkelheit.

„Co teď?" ptal se Gregor sám sebe ve tmě.

Er merkte bald, dass er sich überhaupt nicht mehr bewegen konnte.

Brzy zjistil, že se už vůbec nemůže hýbat.

Doch seine Unbeweglichkeit überraschte ihn nicht wirklich.

Ale jeho nehybnost ho vlastně nepřekvapila.

Sich auf so dünnen Beinen fortbewegen zu können, erschien lächerlich.

Možnost pohybu na tak tenkých nohách se zdála směšná.

Er wusste nicht, wie ihm das jemals gelungen war.

Nevěděl, jak to vůbec mohl udělat.

Abgesehen davon fühlte er sich aber relativ wohl.

Ale kromě toho se cítil relativně pohodlně.

Es stimmt, dass er am ganzen Körper tiefe Schmerzen verspürte.

Je pravda, že cítil hlubokou bolest v celém těle.

Doch der Schmerz schien immer schwächer zu werden.

Ale bolest se zdála být čím dál slabší.

Und er hatte das Gefühl, der Schmerz würde irgendwann verschwinden.

A cítil, že bolest nakonec zmizí.

Er spürte den faulen Apfel in seinem Rücken kaum noch.

Už sotva cítil to shnilé jablko v zádech.

Er dachte mit Rührung und Liebe an seine Familie zurück.

S dojetím a láskou vzpomínal na svou rodinu.

Er spürte die Gefühle seiner Schwester noch stärker als sie selbst.

Cítil emoce své sestry ještě víc než ona sama.

Sie hatte Recht mit dem, was sie gesagt hatte; er musste gehen.

Měla pravdu v tom, co řekla; musel odejít.

Er verbrachte einige Zeit in diesem leeren und friedlichen Zustand.

Strávil nějaký čas v tomto prázdném a klidném stavu.

Die Uhr schlug dreimal, leise, aber bestimmt.

Hodiny odbily třikrát, tiše, ale pevně.

Gregor wurde sanft aus seinen Betrachtungen gerissen.

Gregor byl jemně vytržen ze svých úvah.

Er beobachtete, wie das Morgenlicht langsam in sein Zimmer drang.

Sledoval, jak ranní světlo pomalu vstupuje do jeho pokoje.

Dann sank sein Kopf völlig nach unten, ohne dass er es wollte.

Pak mu hlava úplně klesla, bez jeho vůle.

Und sein letzter Atemzug entwich schwach aus seinen Nasenlöchern.

A jeho poslední dech slabě vytekl z jeho nosních dírek.

Das Dienstmädchen kam früh am Morgen in sein Zimmer.

Služebná přišla do jeho pokoje brzy ráno.

Bei ihrem üblichen kurzen Besuch fand sie nichts Ungewöhnliches vor.

Během své obvyklé krátké návštěvy nenašla nic neobvyklého.

Aus Kraft und in Eile knallte sie alle Türen zu.

Z dojmu síly a spěchu práskla všemi dveřmi.

An ruhigen Schlaf war in der gesamten Wohnung nicht zu denken.

V celém bytě nebylo možné klidně spát.

Sie war gebeten worden, dies morgens zu vermeiden.

Byla požádána, aby to ráno nedělala.

Sie glaubte, er läge absichtlich so regungslos da.

Myslela si, že tam tak nehybně leží schválně.

Vielleicht wollte er ihr zeigen, dass er beleidigt war.

Možná jí chtěl ukázat, že se urazil.

Sie vertraute darauf, dass er über alle Arten von Intelligenz verfügte.

Věřila, že má veškeré znalosti.

Sie hielt zufällig den langen Besen in der Hand.

Shodou okolností držela v ruce dlouhé koště.

Also versuchte sie von der Tür aus, Gregor ein wenig zu kitzeln.

Takže od dveří se pokusila Gregora trochu polechtat.

Sie war etwas verärgert darüber, dass er überhaupt nicht reagierte.

Trochu ji štvalo, že vůbec nereagoval.

Deshalb stieß sie ihn diesmal etwas energischer an.

Takže ho tentokrát zatlačila trochu pevněji.

Als er keinen Widerstand leistete, sah sie genauer hin.

Když nejevil žádný odpor, podívala se pozorněji.

Bald begriff sie, was Gregor wirklich zugestoßen war.

Brzy si uvědomila, co se Gregorovi doopravdy stalo.

Sie öffnete die Augen noch weiter und pfiff vor sich hin.

Otevřela oči doširoka a zapískala si pro sebe.

Doch sie zögerte nicht lange, bevor sie die Tür öffnete.

Ale neztrácela mnoho času a otevřela dveře.

Und sie rief mit lauter Stimme in die Dunkelheit:

A zvolala hlasitým hlasem do tmy:

"Komm und sieh es dir an, da liegt es, völlig tot."

„Pojď se podívat, leží tamhle, úplně mrtvý."

Die beiden Eltern saßen aufrecht in ihrem Ehebett.

Oba rodiče seděli vzpřímeně ve své manželské posteli.

Zuerst mussten sie den Lärmschock überwinden.

Nejdříve museli překonat šok z hluku.

Doch dann begannen sie langsam, ihre Botschaft zu verstehen.

Ale pak pomalu začali chápat její poselství.

Herr und Frau Samsa sprangen jeweils von ihrer Seite des Bettes.

Pan a paní Samsovi vyskočili každý ze své strany postele.

Herr Samsa warf sich die dicke Decke über die Schultern.

Pan Samsa si přehodil přes ramena tlustou deku.

Und Frau Samsa kam nur im Nachthemd heraus.

A paní Samsová vyšla ven jen v noční košili.

Und so gelangten sie in Gregors Zimmer.

A tak vešli do Gregorova pokoje.

Inzwischen hatte sich auch die Tür zum Wohnzimmer geöffnet.

Mezitím se otevřely i dveře do obývacího pokoje.

Grete hatte dort geschlafen, seit die Mieter eingezogen waren.

Grete tam spala od chvíle, kdy se sem nastěhovali nájemníci.

Sie war vollständig angezogen, als hätte sie überhaupt nicht geschlafen.

Byla úplně oblečená, jako by vůbec nespala.

Ihr blasses Gesicht schien ebenfalls ihren Schlafmangel zu beweisen.

Její bledý obličej také jako by dokazoval nedostatek spánku.

„Er ist tot?", fragte Frau Samsa und blickte die Magd an.

„Je mrtvý?" zeptala se paní Samsová a podívala se na služebnou.

Das hätte sie selbst überprüfen können, indem sie ihn angesehen hätte.

Mohla si to ověřit, kdyby se na něj sama podívala.

„Ich glaube schon", sagte das Dienstmädchen und hob den Besen auf.

„Myslím, že ano," řekla služebná a zvedla koště.

Und sie schob seinen Körper ein langes Stück über den Boden.

A ona jeho tělo odstrčila dlouhou cestu po podlaze.

Frau Samsa machte eine Bewegung, als wolle sie sie aufhalten.

Paní Samsová udělala pohyb, jako by ji chtěla zastavit.

Doch am Ende ließ sie das Dienstmädchen Gregor herumschieben.

Ale nakonec nechala služebnou, aby Gregora posouvala.

„Nun", sagte Herr Samsa, „endlich können wir Gott danken."

„No," řekl pan Samsa, „konečně můžeme poděkovat Bohu."

Er bekreuzigte sich; Kopf, Brust, Schultern.

Udělal znamení kříže; hlavu, hruď, ramena.

Und die drei Frauen folgten seinem religiösen Beispiel.

A ty tři ženy následovaly jeho náboženský příklad.

Grete, die den Blick nicht von der Leiche abwandte, sagte:

Greta, která nespouštěla oči z mrtvoly, řekla:

„Seht nur, wie dünn er war! Er hat so lange nichts gegessen."

"Podívej, jak byl hubený, tak dlouho nejedl."

„Das Futter, das ich ihm jeden Morgen hinstellte, war immer unberührt."

„Jídlo, které jsem mu každé ráno nechával, bylo vždycky nedotčené."

Tatsächlich war Gregors Körper völlig flach und trocken.

Gregorovo tělo bylo ve skutečnosti úplně ploché a suché.

Dies war nun, da er am Boden lag, deutlicher zu erkennen.

Teď, když byl na zemi, to bylo viditelnější.

Weil sein Körper nicht mehr von seinen Beinen hochgehalten wurde.

Protože jeho tělo už nemohly nést nohy.

Und weil es nichts anderes gab, was die Aussicht beeinträchtigte.

A protože nic jiného nerušilo výhled.

„Komm doch für eine Weile mit uns herein, Grete", sagte Frau Samsa.

„Pojď na chvíli k nám, Greto," řekla paní Samsová.

Während sie sprach, lag ein gequältes Lächeln auf ihren Lippen.

Když mluvila, na rtech se jí mihl bolestný úsměv.

Grete folgte ihnen, blickte aber auch immer wieder zurück auf die Leiche.

Grete je následovala, ale také se ohlédla na mrtvolu.

Das Dienstmädchen schloss die Tür und öffnete das Fenster ganz.

Služebná zavřela dveře a úplně otevřela okno.

Es war noch früh, daher wäre die Luft normalerweise kalt.

Bylo ještě brzy, takže vzduch by normálně měl být studený.

Doch in der kalten Luft lag auch ein Hauch von Wärme.

Ale ve studeném vzduchu byla také příměs tepla.

Wie eine sanfte Erinnerung daran, dass es nun Ende März war.

Jako jemná připomínka, že už je konec března.

Die drei Mieter verließen nun ebenfalls ihr Zimmer.

I tři nájemníci nyní vyšli ze svého pokoje.

Sie schauten sich staunend nach ihrem Frühstück um.

S úžasem se rozhlédli kolem a čekali na snídani.

Das Frühstück wurde vergessen, wegen dem, was das Dienstmädchen gefunden hatte.

Na snídani se zapomnělo kvůli tomu, co našla služebná.

„Wo gibt es Frühstück?", grummelte der mittlere Herr.

„Kde je snídaně?" zabručel prostřední pán.

Das Dienstmädchen legte den Finger an den Mund, um Ruhe zu gebieten.

Služebná si přiložila prst k ústům, aby naznačila ticho.

Und sie winkte den Herren hastig und stumm zu.

A spěšně a tiše zamávala pánům.

Das Dienstmädchen geleitete die drei Herren in den Raum.

Služebná zavedla tři pány do pokoje.

Und sie erklärte ihnen weiterhin, was geschehen war.

A dál jim vysvětlovala, co se stalo.

Und die drei Herren standen um Gregors Leichnam herum.

A ti tři pánové stáli kolem Gregorovy mrtvoly.

Mit den Händen in den Taschen blickten sie nach unten.

S rukama v kapsách se dívali dolů.

Das Morgenlicht hatte den Raum nun vollständig
durchflutet.

Ranní světlo už pokoj zcela zaplavilo.

Dann öffnete sich die Schlafzimmertür und Herr Samsa
erschien.

Pak se dveře ložnice otevřely a objevil se pan Samsa.

Auf der einen Seite saß seine Frau, auf der anderen seine
Tochter.

Na jedné straně byla jeho žena a na druhé dcera.

Herr Samsa trug inzwischen bereits seine Uniform.

Pan Samsa už měl na sobě uniformu.

Man konnte sehen, dass sie alle ein bisschen geweint hatten.

Bylo vidět, že všichni trochu plakali.

Grete drückte ihr Gesicht an den Arm ihres Vaters.

Grete přitiskla obličej k otcově paži.

„Verlassen Sie sofort meine Wohnung!", befahl Herr Samsa.

„Okamžitě opusťte můj byt!" nařídil pan Samsa.

Und er deutete auf die Tür, ohne die Frauen gehen zu lassen.

A ukázal na dveře, aniž by ženy pustil.

„Was meinen Sie damit?", fragte der Mittelsmann
verunsichert.

„Co tím myslíš?" zeptal se znepokojeně prostředník.

Und er gab sich alle Mühe, Herrn Samsa freundlich
anzulächeln.

A ze všech sil se snažil na pana Samsu sladce usmát.

Die anderen beiden hielten ihre Hände hinter dem Rücken.

Ti dva další drželi ruce za zády.

Und sie rieben sich erwartungsvoll die Hände.

A v očekávání si mnuli ruce.

Offenbar erwarteten sie einen lauten Streit.

Zdálo se, že očekávají hlasitou hádku.

Aber sie schienen sich auf die bevorstehende Auseinandersetzung zu freuen.

Ale zdálo se, že mají radost z nadcházející hádky.

Sie dachten, der Streit würde zu ihren Gunsten ausgehen.

Mysleli si, že spor bude v jejich prospěch.

„Ich meine genau das, was ich eben gesagt habe", antwortete Herr Samsa.

„Myslím přesně to, co jsem právě řekl," odpověděl pan Samsa.

Er ging mit seinen beiden Begleitern in einer geraden Linie.

Šel v přímé linii se svými dvěma společníky.

Und Herr Samsa ging direkt auf ihren Anführer zu.

A pan Samsa se přímo obrátil na jejich vedoucího pána.

Der Herr blieb zunächst stehen und blickte zu Boden.

Pán nejprve stál nehybně a díval se do země.

Die Gedanken in seinem Kopf waren noch im Wandel.

Obsah jeho hlavy se stále urovnával.

"Gut, dann gehen wir", sagte er und blickte zu Herrn Samsa auf.

„Dobře, půjdeme," řekl a vzhlédl k panu Samsovi.

Eine neue Demut schien ihn plötzlich ergriffen zu haben.

Zdálo se, že ho náhle přemohla nová pokora.

Und er schien um Erlaubnis für diese Entscheidung zu bitten.

A zdálo se, že k tomuto rozhodnutí žádal o svolení.

Herr Samsa öffnete die Augen weit und nickte leicht.

Pan Samsa doširoka otevřel oči a lehce přikývl.

Die Herren folgten seinem Befehl unverzüglich.

Pánové okamžitě splnili jeho rozkaz.

Und sie machten tatsächlich große Schritte in den Flur hinein.

A skutečně udělali dlouhé kroky do chodby.

Seine Freunde hatten bereits aufgehört, sich die Hände zu reiben.

Jeho přátelé si už přestali mnout ruce.

Sie hatten mitgehört, wie das Gespräch verlaufen war.

Poslouchali, jak rozhovor probíhá.

Und nun rannten sie ihm nach, als ob sie Angst hätten.

A teď za ním běželi, jako by se báli.

Es ist möglich, dass Herr Samsa sie immer noch von ihrem Anführer isoliert.

Pan Samsa je možná stále izoluje od jejich vůdce.

Sie zogen ihre Stöcke aus dem Stöckebehälter.

Vytáhli si klacíky z krabičky na klacíky.

Und sie verbeugten sich schweigend, bevor sie die Wohnung verließen.

A než opustili byt, tiše se uklonili.

Herr Samsa und die beiden Frauen traten aus dem Vorplatz.

Pan Samsa a obě ženy vyšli z nádvoří.

Aber eigentlich hatten sie keinen Grund, den Männern zu misstrauen.

Ale ve skutečnosti neměli důvod mužům nedůvěřovat.

Sie lehnten sich ans Geländer, um zu überprüfen, ob sie weg waren.

Opřeli se o zábradlí, aby zkontrolovali, jestli už odešli.

Die drei Herren kamen tatsächlich die Treppe herunter.

Ti tři pánové skutečně sestupovali po schodech.

In einer bestimmten Kurve der Treppe verschwanden sie.

V jistém zatáčce schodiště zmizeli.

Und dann brachte die Treppe sie wieder in Sichtweite.

A pak je schodiště znovu přivedlo do dohledu.

Dieses Erscheinen und Verschwinden wiederholte sich auf jeder Etage.

Toto objevování se a mizení se opakovalo na každém patře.

Doch schließlich waren sie fast am Ziel.

Ale nakonec se jim už skoro podařilo dostat se na dno.

Je weiter sie gingen, desto uninteressanter wurden sie.

Čím dál šli, tím méně zajímaví byli.

Alle kehrten erleichtert ins Haus zurück.

Všichni se vrátili domů, jako by se jim ulevilo.

Sie beschlossen, den Tag zum Ausruhen und für einen
Spaziergang zu nutzen.

Rozhodli se využít den k odpočinku a procházce.

Sie waren der Meinung, dass sie sich diese Auszeit von ihrer
Arbeit verdient hatten.

Cítili, že si tuto přestávku od práce zasloužili.

Sie hatten diese Auszeit nicht nur verdient, sie brauchten sie
auch.

Nejenže si tuhle pauzu zasloužili, ale potřebovali ji.

Sie setzten sich an den Tisch, um Entschuldigungsbriefe zu
schreiben.

Sedli si ke stolu, aby napsali omluvné dopisy.

Herr Samsa verfasste seinen Entschuldigungsbrief an die
Geschäftsleitung.

Pan Samsa napsal svému vedení omluvný dopis.

Frau Samsa schrieb ihren Entschuldigungsbrief an ihre
Kunden.

Paní Samsa napsala svým klientům omluvný dopis.

Und Grete schrieb ihren Entschuldigungsbrief an ihren
Schulleiter.

A Grete napsala svému řediteli omluvný dopis.

Während alle schrieben, kam das Dienstmädchen ins
Zimmer.

Zatímco všichni psali, přišla do pokoje služebná.

Ihre Arbeit am Vormittag war erledigt, also ging sie nach
Hause.

Její ranní práce byla hotová, takže šla domů.

Die drei Schriftsteller nickten zunächst, ohne aufzusehen.

Tři spisovatelé nejprve přikývli, aniž by vzhlédli.

Das Dienstmädchen schien aber noch nicht gehen zu
wollen.

Ale zdálo se, že služebná ještě nechtěla odejít.

Sie wartete einen Moment, bis die drei Schriftsteller
aufblickten.

Chvíli počkala, než ti tři spisovatelé vzhlédli.

„Na?", fragte Herr Samsa verärgert, genau wie die anderen.

„No a co?" zeptal se pan Samsa rozzlobeně, stejně jako ostatní.

Das Dienstmädchen stand mit einem Lächeln im Gesicht in der Tür.

Služebná stála ve dveřích s úsměvem na tváři.

Sie erweckte den Eindruck, gute Neuigkeiten zu verkünden zu haben.

Působila dojmem, že má sdělit dobrou zprávu.

Aber sie würde die Neuigkeit nicht preisgeben, solange sie nicht dazu aufgefordert würde.

Ale nehodlala se o tu novinku podělit, pokud by ji o to nepožádali.

Die aufrecht stehende Straußenfeder an ihrem Hut schwankte leicht.

Vzpřímené pštrosí pero na jejím klobouku se lehce pohupovalo.

Diese Straußenfeder hatte Herrn Samsa schon immer geärgert.

To pštrosí pero pana Samsu vždycky štvalo.

„Also, was wollen Sie dann?", fragte Frau Samsa bestimmt.

„Tak co tedy chcete?" zeptala se paní Samsová pevně.

Das Dienstmädchen hatte nach wie vor großen Respekt vor Frau Samsa.

Služebná si paní Samsy stále velmi vážila.

„Ja", antwortete sie und lachte freundlich auf.

„Ano," odpověděla a přátelsky se zasmála.

Einen Moment lang unterbrach sie ihr Lachen und sie verstummte.

Na okamžik ji smích přerušil.

„Um das Ding nebenan brauchst du dir keine Sorgen zu machen."

„S tou věcí od vedle se nemusíš bát."

„Ich habe bereits dafür gesorgt, wie wir es loswerden."

„Už jsem zařídil, jak se toho zbavíme."

Frau Samsa und Grete schrieben ihre Briefe weiter.

Paní Samsa a Grete pokračovaly v psaní dopisů.

Herr Samsa bemerkte jedoch, dass das Dienstmädchen noch nicht fertig war.

Ale pan Samsa si všiml, že služebná ještě neskončila.

Nun wollte sie alles genauer beschreiben.

Teď chtěla všechno popsat podrobněji.

Doch er streckte die Hand aus, um ihre Annäherungsversuche zurückzuweisen.

Ale natáhl ruku, aby její snahu odmítl.

Sie erkannte, dass sie an ihren Plänen kein Interesse hatten.

Uvědomila si, že je její plány nezajímají.

Und dann erinnerte sie sich an die große Eile, in der sie gewesen war.

A pak si vzpomněla, jak moc spěchala.

„Dann tschüss", sagte sie, sichtlich beleidigt über das mangelnde Interesse.

„Tak ahoj," řekla, uražená nezájmem.

Bevor sie ging, knallte sie die Tür jedoch mit einem lauten Knall zu.

Ale než odešla, strašně silně práskla dveřmi.

„Sie wird heute Abend entlassen", sagte Herr Samsa.

„Večer ji vyhodí," řekl pan Samsa.

Seine Frau und seine Tochter hatten jedoch keine Zeit, ihm zu antworten.

Ale jeho žena a dcera byly příliš zaneprázdněné, než aby mu odpověděly.

Weil das Dienstmädchen ihren gerade erst gewonnenen Frieden gestört hatte.

Protože služebná narušila jejich nově nabytý klid.

Die Mutter und die Tochter standen auf und gingen zum Fenster.

Matka a dcera vstaly, aby šly k oknu.

Und so blieben sie mit den Armen umeinander liegen.

A objatí se tam zůstali.

Herr Samsa drehte sich in seinem Stuhl um, um sie anzusehen.

Pan Samsa se otočil na židli, aby se na ně podíval.

Und eine Weile lang beobachtete er sie schweigend, wie sie dort standen.

A chvíli je tiše pozoroval, jak tam stojí.

Schließlich rief er ihnen zu: „Willst du zu mir kommen?"

Nakonec na ně zavolal: „Přijdete ke mně?"

„Vergessen wir doch einfach all den alten Kram."

„Zapomeňme na všechny ty staré věci, ano?"

"Komm her und schenk mir ein wenig deiner Aufmerksamkeit."

"Pojď ke mně a věnuj mi trochu své pozornosti."

Die beiden Frauen taten, wie er gesagt hatte, und eilten zu ihm hinüber.

Obě ženy udělaly, jak řekl, a spěchaly k němu.

Sie umarmten ihn herzlich und küssten ihn.

Něžně ho objali a políbili.

Sie kehrten schnell zurück, um ihre Briefe fertig zu schreiben.

Rychle se vrátili, aby dopsali své dopisy.

Dann verließen alle drei gemeinsam die Wohnung.

Pak všichni tři společně odešli z bytu.

Sie waren seit Monaten nicht mehr zusammen aus dem Haus gegangen.

Měsíce spolu nevycházeli z domu.

Und sie fuhren mit der Straßenbahn an den Stadtrand.

A tramvají jeli na okraj města.

Sie hatten den gesamten Waggon der Straßenbahn für sich allein.

Měli celý vagón tramvaje pro sebe.

Von draußen strömte Sonnenschein durch das Fenster.

Sluneční světlo svítilo dovnitř oknem zvenku.

Die Familie lehnte sich bequem in ihren Sitzen zurück.

Rodina se pohodlně opřela o svá místa.

Und sie besprachen die Aussichten für ihre Zukunft.

A diskutovali o vyhlídkách do budoucna.

Bei näherer Betrachtung waren ihre Aussichten gar nicht so schlecht.

Při bližším zkoumání nebyly jejich vyhlídky špatné.

Alle drei hatten Jobs mit dem Potenzial, mehr zu verdienen.

Všichni tři měli zaměstnání s možností vyššího výdělku.

Sie hatten einander nie nach ihrer Arbeit gefragt.

Nikdy se jeden druhého neptali na svou práci.

Doch nun hatten sie endlich Zeit, solche Dinge zu besprechen.
Ale teď konečně měli čas o takových věcech diskutovat.
Sie hatten auch die Möglichkeit, in eine kleinere Wohnung umzuziehen.
Měli také možnost přestěhovat se do menšího bytu.
Dies hätte den größten Einfluss auf ihr Leben.
To by mělo největší dopad na jejich životy.
Ihre jetzige Wohnung hatte Gregor ausgesucht.
Jejich současný byt jim vybral Gregor.
Aber jetzt könnten sie in eine günstigere Gegend ziehen.
Ale teď se mohli přestěhovat někam, kde je to dostupnější.
Eine kleinere Wohnung, aber eine praktischere.
Menší byt, ale někde praktičtější.
Das Gespräch über die Zukunft machte Grete wieder lebendiger.
Rozhovory o budoucnosti Grete opět oživily.
Herr und Frau Samsa bemerkten auch andere Veränderungen an ihr.
Pan a paní Samsovi si na ní všimli i dalších změn.
Ihre Wangen waren vor lauter Sorgen ganz blass geworden.
Její tváře zbledly ze všech starostí.
Doch ihre Tochter entwickelte sich inzwischen zu einer feinen jungen Dame.
Ale teď se z jejich dcery stávala krásná dáma.
Sie war mittlerweile wirklich eine wohlproportionierte und hübsche junge Frau.
Teď to byla opravdu dobře stavěná a pohledná mladá žena.
Ihre Eltern wurden still und bewunderten ihre Tochter.
Její rodiče ztichli a obdivovali svou dceru.
Sie wechselten Blicke und kommunizierten unbewusst.
Podívali se na sebe a nevědomky komunikovali.
„Es wird bald an der Zeit sein, einen guten Mann für sie zu finden."
„Brzy bude čas najít pro ni dobrého muže."
Die Straßenbahn hatte ihr Ziel erreicht und bremste ab.
Tramvaj dorazila do cíle a zpomalila.

Ihre Tochter schien ihre neuen Träume zu bestätigen.
Zdálo se, že jejich dcera potvrzuje jejich nové sny.
**Sie war die Erste, die aufstand und ihren jungen Körper
streckte.**
Byla první, která se postavila a protáhla si své mladé tělo.